有明月に、おねがい。

真崎ひかる

幻冬舎ルチル文庫

CONTENTS ✦目次✦

有明月に、おねがい。

✦カバーデザイン＝久保宏夏（omochi design）
✦ブックデザイン＝まるか工房

イラスト・宝井理人✦

有明月に、おねがい。

……どうした、寝られないか？　ああ、謝らなくていいんだよ。どうせ、そろそろ起きる時間だ。

泣きそうな顔だな。

まぁ……不安だよなぁ。こんなふうに、初めて顔を合わせた人間のところに預けられたりしたら、不安になって当然だ。

あ、ほら。空を見てみろ。うすーく月があるの、わかるか？

有明の月って言ってな、ほんの短い時間だけ見ることができる。あの月に願いごとをしたら、叶《かな》えてくれるぞ。

なんだ、信じられないか？　信じろって。俺も、一緒に手を合わせてやるから。

おまえが一生懸命に祈れば、どんなことでも……叶うよ。

《一》

静かな早朝の住宅街に、ゴロゴロとスーツケースを引く場違いな音が響いている。

この信号を渡って、右……。立派な松の木がある家のところを、左のはず。

少し歩くと、三階建ての白い大きな建物と道路に突き出た『友坂《ともさか》医院』と書かれた看板が見えてきた。

「……間違ってなかった」

思い描いていたものとピッタリ同じ光景に、ホッと安堵《あんど》の息をつく。

よかった。住所もあやふやだったし、万が一引っ越していたらどうしようかと不安だったけれど、記憶に残る七年前のままだ。

白い建物の角を曲がり、焦げ茶色の門の前で足を止める。門の脇《わき》にはポストがあって、新聞が差し込まれていた。

「まだ、寝てる……かな」

時計を持っていないので、正確な時間はわからない。

三十分ほど前に、ようやく空が白んできたところだ。この季節の夜明けは早いだろうから、きっと六時過ぎぐらいだろう。

門の内側には、玄関のある二階へ伸びる階段がある。赤茶色のレンガの階段は、少し古くなっているけれど憶《おぼ》えているものと同じで、自然と唇が綻《ほころ》んだ。

記憶の中の建物と、現在目の前にあるもの。門の脇に立ったまま僅かな違いを探していると、二階の玄関ドアが開くのが見えた。

パジャマ姿の男が出てきて、大きなあくびをしながら階段を下りてくる。ポストから新聞を抜き出し……ようやく門の外に人影があることに気づいたのか、視線がこちらに向けられた。

黒い髪、睨《にら》むような鋭い目つき……大きな身体《からだ》。男らしい端整な顔立ちも、あの頃のままだ。

威圧感を与える風体でも、この人がとても優しい人だと知っている。

「…………」

こちらが黙っているせいか、彼は胡散《うさん》臭そうな目で一瞥《いちべつ》しただけであっさり背中を向けてしまった。

階段に足をかけた大きな背中に、焦って声をかける。

「ま……眞澄《ますみ》くん」

「あぁっ？」

素《す》っ頓狂《とんきょう》な声を発した彼は、ギュッと眉間《みけん》を寄せた恐ろしい形相《ぎょうそう》で振り向いた。ジロジロと無遠慮な視線で、頭の天辺《てっぺん》から足元までくまなく観察される。

そうして数分、食い入るような目で見ていたかと思えば、眉《まゆ》を寄せた険しい表情のまま口を開いた。

「おまえ、まさか……侑里《ゆうり》か」

低い声で呼びかけられた自分の名前に、唇を綻ばせる。『ユーリ』ではなく、『侑里』と。正しい発音で呼ばれたのは、随分《ずいぶん》と久し振りだ。

門に手をかけて、小さく何度もうなずいた。

「はい。よかった、わかってもらえて。お久し振りです」

嬉《うれ》しい。嬉しい。憶えていてくれた。名前を呼んでくれた。いつもは規則正しく脈打っている心臓が、ドキドキする。

「……なんで、ここにいる？」

目をしばたたかせて尋ねてくる彼は、白昼夢でも見ているかのような表情だ。ここにいるはずがないのに……と、強張《こわば》った表情が語っている。

侑里は、緊張の面持《おもも》ちで彼を見上げて小さく口にした。

「眞澄くん、僕……独りぼっちになったんです」

沈黙が流れる。言葉の意味を図りかねているのだろうか。

目を逸《そ》らすことなく眞澄を見ていると、新聞を持ったまま自分の髪をわしゃわしゃと搔《か》き乱して、視線を泳がせた。

「あー……立ち話もなんだし、とりあえず入れ」

階段にかけていた足を下ろすと、内側から門を開けて入るよう促してくる。

安堵の笑みを浮かべた侑里は、大きくうなずいて懐かしい場所へ足を踏み入れた。


「あのチビが、いつの間にかでっかくなりやがって。本気で誰かわからなかったぞ」

コーヒーメーカーのスイッチを入れた眞澄は、マグカップを取り出しながら侑里に話しかけてくる。

キッチンスペースとリビングダイニングとの境になっている、カウンターのイスに腰かけた侑里は、ふっと表情を曇らせた。

チビ……確かに、彼の記憶にある自分は瘦《や》せっぽちで小さな子供のままだろう。

「僕、もう十七歳です。眞澄くんが知っている僕とは……違います。チビじゃなくて、名前を呼んでください」

子供の頃と同じ呼び方をされて、もう子供ではないと主張する。

優しい響きの『チビ』という呼びかけは嫌いではないけれど、きちんと名前で呼んでもらいたい。

「ははは、確かにそうだな。悪かった。あれから七年かぁ。俺の年だと、七年くらいじゃたいして変わらんがな。ん……変わらんってことはないか。立派なオジサンになった」

眞澄は笑いながら、逢《あ》うことのなかった年数を語る。自嘲《じちょう》気味につけ加えられた言葉を、侑里は首を振って否定した。

「眞澄くんは、変わりません。僕が憶えていたのと同じです。……オジサンというのは、何歳くらいの男性に使用する言葉なのでしょうか」

十歳の侑里にとって、眞澄は『大人の男の人』だった。十七歳になった今も、それは変わらない。

だいたい苦い口調での『オジサン』という単語は、どの年代の男性を表すのに使われるものなのだろう。

真顔で尋ねた侑里に、眞澄は苦笑を浮かべて答えてくれる。

「外見的にも、内面的にも……決められた明確なボーダーラインはない。まぁ、主に本人の思い込みだ」

「じゃあ、眞澄くんはオジサンじゃありませんね」

難しいことはよくわからない。

でも眞澄が苦い顔をしていたので、『オジサン』というのはあまりいい意味で使用した言葉ではないと思い、自分にとっての眞澄は違うと伝える。

侑里と目を合わせた眞澄は、微笑して「そりゃどうも」とだけつぶやいた。

「どうでもいいが、『眞澄くん』って言い方はやめろ。慣れんから、気持ち悪い」

そう言いながらマグカップにコーヒーを注ぎ、ミルクをたっぷりと足して差し出してくる。

ありがとうと両手で受け取った侑里は、やわらかな色のカフェオレに視線を落として困惑を滲《にじ》ませた声で言い返した。

「でも、お母さんもずっと眞澄くんって呼んでたし……。ダメなら、どう呼べばいいんですか？」

十歳の頃は、一度もダメだと言われなかった。『眞澄くん』がダメなら、なんと呼んだらいいのかわからない。

両手でマグカップを持ったまま、チラリと眞澄を見上げた。

「呼び捨てでいい。……里依菜《りいな》は元気か？」

大きな手が、頭の上にポンと置かれた。言葉を続けながらカウンターを回り込んだ眞澄は、侑里の隣にあるイスに腰を下ろした。

眞澄の口から出た母の名前に、侑里は目をしばたたかせる。

「……お母さんは、二年半くらい前に亡くなりました。ジャンがお知らせしたはずですが

「……知りませんでしたか？」

日本にいるリーナの家族には、私から連絡しておくと……そう言われるままに任せていた。けれど、亡くなっている人間の名前を出して「元気か」と問いかけてくる眞澄は、知らないとしか思えない。

侑里の言葉に、眞澄はあからさまな動揺を示した。

右手に持っていたマグカップをカウンターの隅に置き、手元に視線を落とす。一度強く唇を噛《か》み、呆然《ぼうぜん》とした響きで小さく口にした。

「いや……知らなかった。そうか。二年半も前に……だから、……っても、……。あちらに埋葬したのか？」

だから、オヤジが死んだって連絡しても音沙汰《おとさた》がなかったのか、と。小さな声がそう言ったように聞こえた。

はっきりと知りたくて聞き返したかったけれど、ひとまず尋ねられたことに答える。

「はい。街の外れの……お母さんが好きだった綺麗《きれい》な湖の傍《そば》に」

本当は、母が生まれ育った日本で眠らせてあげたかった。でも、侑里は子供で……そのための手続きをどうすればいいのかわからなかったのだ。結局、母と内縁関係にあった恋人に任せるしかできなかった。

険しい顔の眞澄は、大きく息をつくとマグカップを片手で摑《つか》んで勢いよくコーヒーを喉《のど》に流し込んだ。

「それで、独りぼっちになったというのはなんだ？　里依菜がいなくなった後、おまえはどうしていた？」

心配を滲ませた目で、真っ直《まっす》ぐに侑里を見る。

侑里は、うまく説明できるかどうかわからなかったけれど、言葉を探しながらポツポツと伝えた。

「ジャンが……ジャンと、一緒にいました。でも、先月出て行ったきり家に戻ってこなくなって、残っていたお金を掻き集めて日本へ帰って来たんです。日本に着いても、眞澄くん……眞澄のところに来ようとしか、思い浮かびませんでした」

眞澄は侑里の言葉の途中から徐々に眉を寄せて、険しい表情になった。唇を噤《つぐ》み、人差し指をトントンとカウンターテーブルに打ちつけている。

迷惑だろうということは、わかっていた。存在さえ忘れていたかもしれない子供が、突然押しかけてきたのだ。

もし、眞澄が受け入れてくれなかったら。出て行けと突き放されてしまったら……侑里はどうすることもできない。

「一人で、よくここまで来られたな。おまえのジイさんも、もういないし……俺もおまえも、身内ってヤツに縁が薄いなぁ」

緊張に息を詰めて眞澄がどう言い出すか待っていると、そんな言葉と同時に片手で頭を抱き寄せられた。

反射的に、ビクッと身体を硬くしてしまう。眞澄がそんな行動に出るとは、想像もしていなかった。

「ぁ……」

眞澄はパジャマのままなので、額を押し当てた肩口の薄い生地からぬくもりが伝わってきた。

緊張から解放された侑里は、自分の肩が小刻みに震え出すのを自覚した。泣きたいくらいの安堵が込み上げてくる。

「眞澄くん……僕、……っ」

自分がなにを言いたいのか、どんな言葉を言えばいいのかもわからない。

声が喉の奥に引っかかり、なにも言えなくなった侑里は両手で眞澄の脇腹あたりの布を握り締めた。

広い背中に抱きついてしまいたい。でも、どうしてもあと一歩のところで遠慮が勝ってしまう。

「だから、眞澄くんはよせって。おまえさえよければ、ここにいればいい」

眞澄も、侑里をどう扱えばいいのか迷っているのだろう。

躊躇《ためら》いがちな手つきで、そっと髪を撫《な》でられる。七年前、別れ際に撫でられた時と同じ仕草だ。

「ん……ぅ、ん。本当に、いいんですか？　眞澄、お嫁さんは？」

今まで怖くて聞けなかったけれど、眞澄は侑里より十六歳ばかり年上だ。とっくに結婚していてもおかしくはない。

お嫁さんと一緒に住んでいるのなら……侑里の居場所はないのでは。

「それを聞くか。……独り身のままだ。残念ながら、もてねぇんだな」

はぁ……と憂鬱《ゆううつ》そうにため息をついた眞澄には悪いが、独りだという言葉に心の底から安堵した。

よかった。眞澄はまだ、誰のものでもないのだ。

「そういやおまえ、荷物はそれだけか？」

侑里が肩にかけていたバッグは、床の上に置いてある。随分と少ないのではないかと、眞澄は訝《いぶか》しげな声で尋ねてきた。

「あ、いえ……スーツケースがあります。でも、門の外に置いてきました」

ものすごく重かったので、あのスーツケースを持ったまま階段を上がる自信がなかったのだ。

道の端なら、車が通っても邪魔《じゃま》にならないかと思って……門柱にピッタリくっつけて置いてきた。

「あぁっ⁉　門の外だぁ？」

侑里が答えた途端、抱き寄せられていた腕の中から勢いよく引き離される。侑里の肩を摑んだ眞澄は、驚きの色を浮かべて目を見開いていた。

「アホか、おまえ！　どんな田舎に住んでいたのか知らないが、世の中の人間が善人ばかりだと思うなよ。今すぐ取りに……いや、俺が取ってくる。大人しくここに座ってろ」

眞澄は腰かけていたイスから立ち上がり、早口でそれだけ言い残してリビングダイニングを出て行った。

早足で廊下を遠ざかる足音に続き、ドアの閉まる音が遠くから聞こえてくる。

「……怒られてしまった」

呆然としていた侑里は、ぽつりとつぶやく。

荷物を道路の端に置くのは、そんなに悪いことだったのだろうか。侑里が住んでいた小さな町では、普通に皆が家の外に物を置いていたのだが……。

手持ち無沙汰《ぶさた》な侑里は、カウンターテーブルの上にあるマグカップに視線を落として、ミルクがたっぷり入っていると色を見ただけでわかるカフェオレを一口含む。

ミルクと一緒に砂糖も入っているのか、甘い。

「あの頃と、同じ味」

ふっ……と唇に微笑を浮かべた。

七年前の眞澄は、毎朝コーヒーを淹《い》れて新聞を読みながらカップに二杯飲んでいた。おまえも飲むかと聞かれてうなずいた侑里は、初めて口にしたインスタントではないブラックコーヒーに眉を顰《ひそ》めた。

苦くて飲めないと訴えたら、笑いながらたっぷりのミルクとスプーンに山盛りの砂糖を入れてくれたのだ。

七年前と同じ味のカフェオレを差し出してくるということは、眞澄の中で侑里は十歳の子供のまま時間を止めているのかもしれない。

今の侑里は、砂糖の入っていないカフェオレも飲めるのに……。

「眞澄くん。眞澄……呼び捨てにするなんて、不思議な感じ」

独り言をつぶやきながら、眞澄に触れられた髪を自分でそっと触ってみる。でも、なにかが違う。

力の強そうな大きな手なのに、ふわりと優しく頭の上に置かれた。

「……重てぇな。確かにこれは、おまえが担いで階段を上がるのは無理だ。ここに置くぞ。荷物があるって、先に言えよ」

ガタガタと壁にぶつけながら、銀色の大きなスーツケースを持った眞澄が戻ってくる。スーツケースをリビングの隅に置き、肩を回しながら侑里の隣に立った。

腕の筋肉を揉《も》み解《ほぐ》している眞澄を見上げた侑里は、照れ笑いを浮かべて、眞澄に聞かれて初めてスーツケースのことを思い出したのだと告白する。

「あ……ありがとうございます。眞澄くんに逢えたのが嬉しくて、荷物の存在をちょっとだけ忘れていました」

「あー……まぁ、無事に逢えたらホッとするか。唯一の身内だもんなぁ？」

今度は、少し強く髪を掻き乱された。

身内……か。確かに、侑里の母親は眞澄の姉なので、言葉で関係を言い表すなら『叔父と甥《おい》』になる。

確か、それで合っているはずだ。

十歳からの七年間、日本を離れていた侑里は自分の日本語能力にいまひとつ自信がない。二年半前に母親が亡くなってからは、日本語で会話する人もいなかった。

「さて朝飯にするか。侑里、なにが食いたい？」

カウンターを回り込み、キッチンの隅にある大きな冷蔵庫を開けながら朝食のリクエストを尋ねてくる。

十歳の頃、眞澄と過ごしたのはわずか十日間ほどだ。あの時も、眞澄は侑里にご飯を食べさせてくれた。

特にお気に入りだったのは……。

「パンケーキ」

母親が作ってくれるものと眞澄が作ってくれるものは、なんだか違っていた。

あまり器用なほうではなかった母親は、歪《いびつ》な形のパンケーキしか作れず、豪快に蜂蜜《はちみつ》だけを垂らしたものだった。

でも、眞澄はウサギやクマの型を使ってパンケーキを焼き、チョコレートやジャムで子供が喜びそうな飾りつけをしてくれた。飾りに凝《こ》る時間がない時は、メイプルシロップがかかっていただけだったが、シンプルなものでも母親が作るパンケーキよりふわふわでおいしかった。

十歳の侑里は、幼児が大喜びしそうなクマ型のパンケーキを差し出されて複雑な気分になったけれど、「おいしい」と言えば眞澄がホッとしたように笑ってくれたから、露骨な子供扱いに不満を表すことができなかった。

今になって思えば、眞澄にとって十歳くらいの子供は幼児と変わらない感覚だったのかもしれない。どう扱えばいいのか困って、子供が喜びそうなものはなにか考えてくれたのだろう。

薄れかけていた記憶が、一瞬で鮮やかによみがえる。

「ああ……ちょっと待て。ホットケーキミックスがあるかな。確か、この前あいつらに食わせて……残りがあったはずだから」

侑里の言葉にうなずいて冷蔵庫を閉めた眞澄は、独り言をつぶやきながらストッカーらしきワゴンを探っている。

しばらくガサガサとビニールの音が聞こえていたけれど、「あったあった」と振り向いた眞澄の手にはホットケーキミックスと印刷されたパッケージが握られていた。十歳の頃に作ってくれたものと同じで、懐かしい。

「僕も、手伝います」

座っていたイスから立ち上がると、ボウルに卵を割り入れていた眞澄が手を止めることなく言葉を返してきた。

「いい心がけだが、時間がない。三十分もしたら、下に事務の人間や看護師が来るからな。今日は俺がパッと作るから、今度手伝ってくれ」

「……はい」

侑里に話しかけながらミルクと卵を混ぜ合わせ、ホットケーキミックスの粉を振り入れている。力が強いせいか、あっという間になめらかなクリーム状になり、その手早さに見惚《みと》れてしまった。

フライパンにとろりとした生地を流し込んでコンロの上に置くと、少しずつ甘い匂《にお》いが漂ってくる。

「残念ながら、チョコクリームもメイプルシロップもないな。買っておくか。今あるのは、蜂蜜と……ブルーベリージャムかオレンジマーマレードだ。どれがいい？」

カウンターの上に、蜂蜜のボトルとジャムやマーマレードの瓶《びん》が置かれる。

侑里は、おずおずとブルーベリージャムの瓶を指差しながら、気になった一言に言葉を返した。

「ブルーベリーが好きです。あの……眞澄くん。僕、もう子供じゃないから、チョコは……いらないです」

「また『くん』がついてるぞ。そうか。チョコはいらねーか」

眞澄は、つい癖で『眞澄くん』と言ってしまった侑里を咎《とが》めておいて、端整な顔に少し淋《さび》しそうな笑みを滲ませた。

その笑みを目にした侑里の胸が、ズキンと鈍い痛みを訴える。拒絶したわけではないのだ。うまく伝えられない、自分の日本語能力がもどかしい。

「あ、あのでもっ、チョコが嫌いなわけじゃないんです。好きだけど、その」

焦って言い繕《つくろ》おうとした侑里の言葉を、笑みを消した眞澄が遮った。

「まぁいい。今は本当にゆっくり話す時間がないんだ。話は、医院を閉めた後にじっくり聞かせろ。ほら、焼けたぞ」

白いプレートに、綺麗なキツネ色のパンケーキを載せて差し出される。両手で受け取った侑里は、ついさっきまでの自己嫌悪も忘れて自然と唇に微笑を浮かべた。

眞澄はスプーンで掬《すく》ったブルーベリージャムを真ん中に垂らして、フォークとナイフを手渡してきた。

「着替えてくる。おまえはゆっくり食っていればいい」

そう言ってカウンターの内側から出た眞澄を、驚いて見上げる。パンケーキを侑里の分しか焼いていない。

「えっ、眞澄く……眞澄は食べないんですか？」

自分だけご飯をもらって、食べていろと言われても困る。眞澄も、一緒に食べてくれるものだとばかり思っていた。

「ああ、そろそろ医院の鍵《かぎ》を開けなきゃならんからな。開けてないと、インターホンを連打される。この格好じゃ出て行けないだろ」

苦笑した眞澄は、パジャマ姿のままの自分を親指で指差した。

もしかして、侑里が来たから朝のリズムが狂ってしまったのだろうか。そのせいで、朝食もとれないことになった？

落ち込みかけたが、肩を落としている場合ではないと気を取り直して、急いでパンケーキを切り分ける。

「あ、ちょっと待ってください。一口だけでも……」

「ぁあ？」

フォークを刺して「ハイ」と見上げた眞澄は、目を瞠《みは》って予想もしていなかった、という顔になった。

侑里とフォークのあいだに視線を往復させて、ふっと息をつく。

「……いい子だな」

低くつぶやいて差し出されたパンケーキに齧《かじ》りつくと、侑里の頭にポンと手を置いてもごもご口を動かしながらリビングダイニングを出て行った。

一人きりになった途端静かになり、隣に腰かけていた眞澄が手に持っていた空《から》のマグカップに視線を落とす。

「全然、変わってない」

ぶっきらぼうなようでいて優しいところも、侑里を実際の年齢より子供のように扱うところも……。

七年前もそうだ。迷惑だったと思うのに、突然押しつけられた子供を突き放さず面倒を見てくれた。

今も、こうしていきなり押しかけた侑里を受け入れてくれる。

「眞澄……」

ほんの少しぬくもりが残っているマグカップを両手で包み、深く息をついた。

どうしても眞澄に逢いたくなった。そんな衝動のままここまで来た行動力に、侑里自身が

一番驚いている。

「侑里」

「は、はいっ！」

リビングの戸口から名前を呼ばれて、慌てて身体を捻《ひね》る。

半袖《はんそで》のシャツを身につけて首にネクタイを引っかけた眞澄は、両手でネクタイを締めながら話しかけてくる。

「下にいるから、なにかあれば来い。昼休み……一時半くらいには戻ってくる。適当に、テレビを見るなりDVDを見るなりしてろ。クーラーのリモコンはガラステーブルの上だから、暑くなったら好きにつけろよ」

そう言うと、リビングの壁際にある大きなテレビと、ソファとテレビのあいだに置かれたガラステーブルを視線で指す。

侑里の記憶では、下と言われている一階の医院では眞澄と祖父の二人が医師として働いていたはずだ。だけど眞澄は、おまえのジイさんもいない……と言っていたので、今は眞澄一人で医院を切り盛りしているのだろうか。

聞き返すタイミングを逃してそのままになってしまったけれど、小さな声で眞澄がつぶやいた「オヤジが死んだと連絡しても……」という一言は、やっぱり気のせいではなさそうだった。

疑問はいくらでもある。でも、『話は医院を閉めた後だ』という眞澄の言葉を思い出して質問を呑み込んだ。

「わかりました。いってらっしゃい」

「……ああ」

いってらっしゃいと声をかけた侑里に、眞澄は少しだけ照れたような笑みを浮かべてうなずくと、すぐさま踵《きびす》を返した。

ドアが閉まる音が聞こえてきて、捻っていた身体を戻した侑里は手の動きを再開させる。パンケーキを一口サイズに切り分けて齧ると、フォークを銜《くわ》えたままピタリと動きを止めた。

少し冷めたパンケーキは、優しくて懐かしい味がする。

ジッと見ていたら、何故《なぜ》かブルーベリージャムの鮮やかな紫色が滲んできて、忙《せわ》しないまばたきを繰り返した。

これからどうすればいいのか、考えようとしても思い浮かばない。じわりと湧いてきた不安を誤魔化《ごまか》すように、フォークをパンケーキに突き刺した。

確かなのは、ただ一つ。

「ここに、いたいなぁ」

できることなら、ずっと……。

□□□

「おい、侑里っ。起きろ」

ゆさゆさと、身体が揺らされている。

頭上から聞こえてくる、低い声での言葉は日本語……？

「ガンガンにクーラーをかけたまま、そんな格好で寝るな。夏風邪をひくヤツはバカだってのは、俗説だが真理だぞ」

「……ぅ？」

うっすらと開いた目に飛び込んできたのは、黒い髪と黒い瞳《ひとみ》のキリッとした端整な顔だ。これが誰かなど、考えるまでもなく侑里は知っている。

ここはどこだとか、何故この人が……と思考を働かせるより早く、頭に浮かんだ名前を口にした。

「眞澄く……ん？」

「眞澄くん、じゃねぇ。寝惚《ねぼ》けてるだろ。昼寝はいいが、もう一枚着て寝ろよ。あっ、せっかく俺が調整したのに、またクーラーの設定温度を下げたな」

「あ……」

ようやく頭がハッキリとして、ガバッと上半身を起こした。

そんな格好と言われた侑里が身につけているのは、Tシャツにショートパンツだ。ここに来た時はジーンズと長袖のシャツを着ていたのだが、日本の夏がこんなに蒸し暑いと思わなかった。

日が高くなるにつれ、じっとりと暑くなるのに耐えかねて、涼しい服に着替えてクーラーのスイッチを入れた。現在の日本の情報を得ようと、テレビをつけてソファに腰を下ろしたあたりから記憶がない。

ずいぶんと長い時間、寝てしまっていたような気がする。

「ごめんなさい。えーと……もうお昼、ですか」

眞澄は、昼休みになれば戻ってくると言い置いて出て行ったのだ。壁にある時計を見上げると、予想より下の位置に短い針があって首を傾《かし》げた。

「あれ……？」

一時半あたりかと予測していたのに、この時計が正しければ夕方の六時すぎだ。朝から夕方にワープしてしまったような、不思議な感覚に襲われる。

「あれ、じゃない。昼に一度戻ってきて、声をかけたぞ。もしかして、あれからずっと寝ていたのか？」

そういえば、声をかけられたような気がする。昼食を用意しておくから、起きたら食べろと言われて「はい」と答えた記憶もぼんやり残っている。

確かその時に、眞澄が「冷やしすぎだ」と言いながらクーラーの温度を上げた。でも、少し時間が経《た》つとやっぱり暑くなってしまい、寝ぼけたままリモコンを摑んで温度を低くしたのも、なんとなく記憶にあるような……。

「飯も食わずに寝てたら、腹が減っただろう」

ガラステーブルの上には、オムライスの載ったプレートとカップに入ったスープが置かれている。

せっかく眞澄が用意してくれていたのに、全然手をつけていない。

「ごめんなさい。ご飯……」

うつむいて謝ると、眞澄の手がポンと頭の上に置かれた。指先でグシャグシャと髪を掻き乱される。

「気にしなくていい。疲れてたんだろ。これは俺が晩飯で食うよ。おまえは……なにが食いたい？」

自分が食べるという眞澄に、慌てて首を左右に振った。

きっと、眞澄は昼に同じものを食べている。侑里が食べなかったものを、眞澄に押しつけるような真似《まね》ができるわけない。

「そのオムライス、おいしそうだから僕が食べますっ。食べたいです！」

自分が、と。懸命に主張した侑里を、眞澄はネクタイを解《ほど》きながら見下ろした。

少し考えるような間があり、わずかに唇の端を吊《つ》り上げる。

「……じゃあ、これは半分ずつ食うか。もう一品は、蕎麦《そば》とかどうだ」

半分こしようという言葉が、嬉しかった。侑里は何度もうなずきながら、眞澄の提案に同意する。

「はい。日本のお蕎麦、久し振りです。大好き」

「よしよし、つけ麵《めん》じゃないやつだよな？　出汁《だし》を取ればすぐにできるから、ちょっと待ってろ」

眞澄の言葉に、少し驚く。衣食住を共にしたのはほんの十日ほどで、あれから七年も経つのに……今でも侑里の好みを憶えてくれているらしい。

父親を知らない侑里にとって、大人の男の人と過ごした日々は楽しくて……特別なものだった。

眞澄にとっても、少しは心に残るものだったと思っていいのだろうか。

「あ、今度こそ僕もお手伝いします」

跳ねるようにしてソファから立ち上がった侑里は、キッチンへ向かう眞澄の背中を小走りで追いかけた。

泡だらけになった皿を水で流して、水切り用のカゴに並べていく。鍋を洗っていた眞澄が、侑里の手元をチラリと見てかすかな笑みを浮かべた。

「料理はダメっぽかったが、皿洗いは堂に入ってるな。二、三枚割られるかと覚悟していたんだが」

「自分の身の回りのことは、自分でしていました。……料理は、ちょっぴり苦手なだけです」

最後のほうは、小声になってしまう。食事の用意を手伝うと言って並んだのはいいが、たいして役に立たなかったのだ。

役に立つどころか、ネギを切ろうとして包丁を握ったところで、

「なんだその握り方は！　もういい。危ねぇから刃物を持つな。鍋が吹き零《こぼ》れないよう、見張ってろ」

と言いながら、眞澄に包丁を取り上げられた。

長い箸《はし》を手に、蕎麦を茹《ゆ》でている鍋を見ていたのだが……沸き上がった鍋を前にどうすればいいのかわからなくて、結局吹き零れてしまった。蕎麦を茹でたことなどないから……と

いうのは、言い訳だとわかっているから言えなかった。

一言も怒られなかったけれど、手際のいい眞澄の邪魔をしたようなものだ。

「もういいぞ。ありがとな。茶を淹れてやるから、ソファに座ってろ」

皿を洗い終えた侑里が蛇口を捻って水を止めると、眞澄はリビングを視線で指してそう言う。

侑里はタオルで濡《ぬ》れた手を拭《ぬぐ》い、うなずいてキッチンを出た。

ソファに腰かけても落ち着かなくて、チラチラとキッチンを窺《うかが》う。シンクやコンロ、コーヒーメーカーを置いてあるカウンターがリビングダイニングに面しているせいで、眞澄の姿が見え隠れする。

長い年月逢わなかったから、侑里が勝手に理想を膨らませているのだと思っていた。でも、やっぱり眞澄は格好いいしすごく優しい。

さほど待つことなく、両手にマグカップを持った眞澄がテーブルの脇に立った。

「熱い煎茶でいいか。クーラーで身体が冷えてるだろ」

眞澄がお小言を言いながら設定温度を上げたせいで、今は涼しいと感じない程度の空調だ。

それでも、テーブルの上に置かれたマグカップから立ち上る湯気を見るだけで、おいしそうだった。

片づいたキッチンやリビングからは几帳面《きちょうめん》な性格が想像できるのに、コーヒーもお茶も同じマグカップを使うあたりが少しおかしい。

「ありがとうございます。緑茶も、久し振りだから嬉しいです」

マグカップを手に持って、深緑色のお茶を口に含む。少しだけ渋くて青い味のお茶は、懐かしい味覚だった。

侑里が座っているソファの隣に腰を下ろした眞澄は、自分のマグカップに手を出すでもなく静かに口を開いた。

「……いくつか、聞いていいか」

「はい」

改まった声でそう切り出されて、コクンとうなずく。

食事中も、眞澄はなにか言いたそうな素振りを見せていたけれど、落ち着いて話そうと思い質問を呑み込んでいたのだろう。

「里依菜については、わかった。俺は逢ったことがないから相手を知らないが……ジャンって男が、里依菜のいなくなった後におまえの面倒を見てくれていたんだな？」

「……はい」

侑里は、マグカップを持った自分の手に視線を落として小さく首を縦に振る。

あれを『面倒を見る』と言っていいものかわからないが、少なくとも生きるには支障がなかった。

「学校はどうしてた？　日本人学校とか、近くにあったのか」

「いえ、あちらの学校にも何年か通ったのですが……日本で言う中学校を出てからは、通信教育でハイスクールの過程を終えました。国際資格なので、日本の大学も受験できるはずです」

あちらに移ってしばらくは、現地の学校に通った。でも、ハイスクールは少し離れたところにいかなければなかった。それには寄宿舎生活が条件となるので、家を離れられない侑里は通信教育を選んだのだ。

テキストで学習して、最終試験だけは一番近くの学校で受けてハイスクールの卒業資格を得た。

「そうか。でも、十七っていや高校に通っている年だよなぁ。どうだ、日本の高校に編入しないか」

「……学術的な知識は、不足ないはずですが」

予想もしていなかったことを言い出した眞澄に、侑里はきょとんとして言い返す。

日本の高校に編入して、もう一度勉強をし直せということか？　でも、不安があるとすれば日本語に関してのみだ。

それも、小学校の途中までは日本にいたし、あちらでも日本語の本や辞書を読んでいたから日常生活には困らないはずだが。

「そういう問題じゃない。同じ年くらいのヤツらの中に入ることも必要なんだよ。これから先、日本で生きていくなら特にな」

眞澄は、侑里が想像もしていなかったことばかり口にする。侑里は思いがけない一言に目をしばたたかせて、眞澄の言葉を復唱した。

「これから……先」

「なんだ、その顔。身内は俺だけなんだから、おまえが成人するまで俺が後見人って形になるかな。編入するにしても、今からだと夏休み明けになるか。一ヶ月半ばかり時間があるから、ゆっくり考えればいい。どの高校がいいか、調べておいてやるよ」

無言でうなずいた。

日本の高校に……編入？　そんなの、考えたこともない。なにより、呆気《あっけ》ないほど簡単に眞澄が受け入れようとしてくれているのが不思議だ。

身内といっても、存在さえ忘れていたかもしれないほど希薄な関係だったのに……。

「しっかし、あのチビだった侑里が十七歳かぁ。もう一人で寝られるのか？」

ニヤニヤしながら、そんな意地悪なことを尋ねられる。十歳の頃、何度か眞澄のベッドに潜り込んだことを揶揄《やゆ》されているのだろう。

あの時は、母親の実家だというだけでここに預けられて、侑里にとっては初対面の眞澄や祖父との生活が不安だったのだ。

しかも、初めて顔を合わせた眞澄は怖かった。隙《すき》のない端整な顔で、長身で……現在と同じようなぶっきらぼうなしゃべり方をするものだから、最初は疎ましがられているのだとばかり思っていた。

そうではないと知ったのは、その日の夜だった。

初めての場所、初めて逢った大人たち。自分が、周りを困らせているとわからないほど幼くはない。

どうしても眠れなかった侑里は、深夜のリビングで明かりも点《つ》けずにこっそりテレビを見ていた。

面白くもなんともない通販番組だったけれど、人の声と画面の明るさが少しだけ不安を和らげてくれた。

これから外国で住むための準備があって、忙しいからとここに連れてこられたけれど……母親は本当に迎えに来てくれるのだろうか。このまま母親に捨てられてしまうのではないかと思えば、怖くてたまらなかった。

母親の恋人という外国人も、侑里が邪魔なのでは……。

「おいチビ」

　唐突に低く声をかけられて、ビクッと身体を硬くして恐る恐る振り向いた。ソファの脇に立っているのは、母親の弟だと紹介された男の人だ。

　テレビの光が届かない位置なので、どんな表情なのかわからない。侑里は叱責を覚悟して、ソファの上で膝《ひざ》を抱えた。

「どうした。寝られないのか？」

　ところが、彼の口から出たのは「夜中になにをやっている？」と咎める言葉ではなく、気遣いを含んだ優しい声だった。

　一気に緊張が解けてしまい、侑里は無言のまま首を縦に振る。

　返事をしようと思ったのに、開きかけた唇が小刻みに震えていた。声が喉の奥に引っかかっているみたいだ。

「そうか。いきなり知らないところに連れてこられたら、不安だよなぁ？」

　大きな手が視界に入り、ビクッと首を竦《すく》める。

　ビクビクしている侑里に気づかないのか、思いがけずやんわりとした手つきで髪を撫でられた。

「……こ、どもじゃないから、平気です」

　強がってそう言ったけれど、こうして夜中にテレビを見ているところを目撃されてしまったのだから、どう言い繕っても無駄だろう。

笑われてしまうかもしれないと身構えていたのに、シーンと沈黙が流れる。

「子供じゃなくても不安だろ。俺だったら、不安でたまらないな」

予想外のそんな言葉が返ってきて、侑里は首を傾げた。

大人の男の人でも、不安に思うようなことなんてあるのだろうか。

「大人……なのに？」

「ああ。大人なのにな。よし、俺も寝られないから話し相手になれ。それに……面白いものを見せてやるぞ」

腕を引かれて、ソファから立ち上がらされる。男の手がリモコンを摑んでテレビを消すと、侑里の手を引いたまま三階への階段を上がった。

ここで寝ろと侑里に示された部屋ではなく、廊下の突き当たりにあるドアを開ける。この人の部屋だろう。

「ベッドがでかいから、おまえが一人増えたところでどうってこたぁない。ほら、ベッドに上がれ。で、天井を見てろよ」

有無《うむ》を言わさない勢いに迫力負けして、侑里は言われるままベッドに転がった。見ろと言われた天井は、真っ白だ。

明かりがまぶしい……と思った直後、照明が落とされて真っ暗になった。ベッドが揺れて、男が隣に身体を潜り込ませてきたのだとわかる。

母親とも一緒に寝ることのない侑里は、すぐ近くで感じる他人の体温に落ち着かない気分になった。

「あ……れ」

斜めになっている、天井の一部が動いた？

不思議な面持ちで天井を凝視していると、ベッドの真上に四角く切り取られたような夜空が現れる。

月明かりか、外の街灯の光か……そこから、ぼんやりとした淡い光が入ってくる。

「面白いだろ。寝転がったまま、星が観察できるんだ」

ぼかんとしている侑里に、笑みを含んだ声でそう話しかけてきた。星座の名前が言えるかと、腕を伸ばして夜空を指差す。

「すごい。忍者屋敷みたいです。叔父さんが作った仕掛けですか？」

どうやって天井を動かしたのだろう。リモコンのようなものを持っているから、あれで操作したのか？

疑問をぶつけた侑里に、ぶっきらぼうな言葉が返ってくる。

「そんなわけあるか。俺は大工じゃねぇ。つーか、叔父さんはやめろ。いきなり年食ったみたいな気分になる。俺は、まだ二十六だ」

苦い口調で、呼び方の訂正を求められた。

侑里にしてみれば、母親が「あんたの叔父さんだよ」と言ったから、そのまま口にしただけなのだが……本人が嫌がっているのだから、改めたほうがいいだろう。

「でも……なんて呼べばいいですか？」

「名前でいい。眞澄ってんだ」

「じゃあ、眞澄くん。天井、すごいね」

母親が、「眞澄くん、この子を頼んだ」と話しかけていたのを思い出した。それに倣《なら》って『眞澄くん』と呼びかける。

「……『くん』づけかよ。まぁいいか。じーっと見てたら、宇宙を見上げてるのか見下ろしているのか、あやふやになる。宇宙飛行士の気分が味わえるぞ」

「うん。……すごい」

夜空に散らばる星を見詰めていたら、眞澄が言うように自分がどこにいるのかわからなくなってきた。

これまでにない感覚は、楽しくて……少し怖い。

怖いと思ったところで、大きな手が侑里の手を握ってきた。

「リビングでぼーっとしていたから、冷たくなってるぞ。春っぽくてもまだ三月だ。寒かっただろ。おまえに風邪をひかせたら、俺が里依菜に怒られる」

「怒る……かな」

途端に落ち着かない気分になった侑里は、小さな声で聞き返した。

なんの前触れもなく握られた手が、あたたかい。子供扱いされているのだと思えば愉快ではないけれど、大きな手を振り払えない。

眞澄のぬくもりを感じた瞬間、かすかな不安がどこかにいってしまった。

「当然だろ。いきなり子供ができたなんて言い出したと思ったら、相手についてはだんまりを決め込んでさ。オヤジと大ゲンカした挙げ句、一人ででもおまえを産んで育てるって家を飛び出したんだ。それくらい、おまえが大事なんだよ」

「……そうかな」

侑里には、よくわからない。

ずっと、母親と二人暮らしで……『おじいさん』や『叔父さん』がいることも知らなかった。

母親に連れられてここに来て、初めましてと挨拶《あいさつ》をした『おじいさん』は、困惑した顔で侑里をチラリと見ると、「おまえに任せるから」と眞澄の肩を叩《たた》いて背中を向けてしまったのだ。

母親にとっての自分がどんな存在かなど、考えたこともなかった。

「おまえが大事じゃなかったら、わざわざ外国にまで連れて行かないだろ。しっかし相変わらず、言い出したら聞かないっていうか……突拍子もない行動に出るよなぁ。妙なことをしないよう、厄介《やっかい》な母親をおまえが見張っててやってくれよ」

ぼんやりとした明かりの中、目を合わせて同意を求められる。母親を表す厄介だという的確な言葉に、思わず微笑を浮かべた。

すると、侑里の手を握っている眞澄の手にキュッと力が込められる。

「やっと笑った。大人しいのはもともとか？　それとも、俺が怖いか？」

「眞澄くんは……怖くない」

最初は怖かったと本当のことを言えば、きっと悲しい顔をさせてしまう。そう思った侑里は、今感じていることを伝えた。

怖くなんかない。あたたかくて大きな手からは、優しい感情が流れ込んでくる。

「そりゃよかった。自分が子供受けしないのは、自覚してるからな。オヤジだと泣かないくせに、俺の前に座ったら泣くガキが多いから……」

眞澄の声をぼんやりと聞いているうちに、瞼《まぶた》が重くなってきた。低い声が、少しずつ遠くなる。

侑里は、唇を綻ばせたままとろりとした眠りに身を任せた。

「……寝たか。子供なんてどう扱えってんだ、くそ」

苦々しく言いながら、指先でそっと髪を撫でられる。

眠りに引きずり込まれて、目を開けたり声を出したりできない侑里は、心の中で「困らせてごめんね」とつぶやいて本格的な睡眠に落ちた。

その後も、何度も眞澄のベッドで眠らせてもらった。それまでは一人で平気だと思っていた。でも、なかなか寝つけない夜はなぜか眞澄の隣だと不思議なくらい呆気なく眠ることができたのだ。

見えるところに眞澄がいるだけで安心することに気づいてからは、動物の子供が母親に寄り添うように、いつも眞澄の傍にいた。眞澄は面倒そうな顔を見せることなく、侑里の相手をしてくれた。

今でも侑里は、眞澄の中ではあの時と同じ『面倒を見なければならない子供』なのかもしれない。

「あー……どっちにしても、今夜は俺のベッドだな。オヤジが死んだ時にゴッソリ物を捨てたから、客用の布団がない。明日の午後は休診だから、買い物にいくか」

「僕っ、このソファでもいいです」

「俺がよくない。相変わらず小さいから、おまえが一人増えたところで俺のベッドはたいして狭くならねーよ」

相変わらず小さい……？　それは、ショックな一言だ。

侑里は、長身の眞澄を見上げる首の角度が小さくなったので、自分がそれだけ大きくなったのだとこっそり喜んでいたのに……。

密《ひそ》かに侑里がショックを受けていると気づくはずもなく、眞澄は言葉を続けた。

「まだまだ聞きたいことはあるが、一度に話すのは大変だよなぁ？　疲れているだろうから、とりあえず風呂に入ってこい。使い方はわかるだろ？　風呂は七年前と変わってない」

「……はい」

バスルームがあるほうを指差されて、こくんとうなずく。背中に当てられた手は、あの頃と同じあたたかなものだった。

《二》

「よし、終わり！」

記入を終えたカルテの上にボールペンを転がして、イスに腰かけたまま両腕を天井へ伸ばす。

身体を捻って時計を見ると、もうすぐ一時半になるところだった。午前の診療受付は十二時までなのだが、ギリギリになって駆け込んでくる患者もいるので、どうしてもすべて終わるのはこれくらいの時間になる。

勢いよくイスから立ち上がったところで、父親の代からいる看護師の宮嶋《みやじま》が話しかけてきた。

「眞澄先生、なんだか急がれてます？」

ファーストネームで呼ばれるのは、父親がいた頃の名残《なごり》だ。二年半ほど前までは、『友坂先生』が二人存在したのだから仕方がない。

年齢的にも親の世代だし、医院での勤務年数も彼女のほうがベテランなので、眞澄などまだまだ未熟者のヒヨコ扱いされている。なにより、子供の頃から知られているせいもあるだろう。

今では一応『先生』と呼ばれているが、敬意を表しているというより彼女にとってはそこまでが名前の一部になっているのかもしれない。

「あー……甥っ子を上で待たせてる。出かける約束をしてるんだ。急《せ》かして悪いが、閉めていいか？」

白衣を脱ぎながら答えると、宮嶋は「あら？」と首を捻った。

今度は、ゴミ箱からビニール袋を取り出して新しいものをセットしていたもう一人の看護師、吉原《よしはら》が疑問を口にする。

「甥っ子さんがいらしたなんて、初めてお聞きしました。友坂先生にとっては、お孫さんですよね？」

この『友坂先生』は、父親のほうだ。

そういえば吉原は、七年前に侑里を預かっていた時期の直後からここに勤めるようになったのだ。

最初に、絶対認めないぞと言い張ったせいで引っ込みがつかなくなったのか、里依菜や侑里に関しては頑《かたく》なだった父親がわざわざ話題に出すとも思えないから、知らなくても仕方がない。

つき合いの長い宮嶋はある程度の事情を知っているせいか、口を噤んでいる。

「外国に長くいたからなぁ。うちで面倒見ることになるんだが、日用品が足りない。買い物に行く約束をしている」

当たり障りのない説明をして、もう一度時計を見上げた。

出かけたついでに外でランチを取ろうと言ってあるので、侑里はなにも食べずに待っているはずだ。十七歳という年齢の割に線が細いので、しっかり食べさせなければという義務感が湧いてくる。

「そういうことでしたら……残りは明日にしますね。林《はやし》さんたちのほうは……」

ゴミ袋を床に置いた吉原は、受付へと大股《おおまた》で歩いていった。

受付等の事務作業を任せている女性は、二人。こちらも父親の代から世話になっているので、完全に任せてしまっている。

「そろそろカギしちゃうみたいだけど、大丈夫？」

「あっ、もう終わった！」

「こっち、パソコンの電源を落としますので、もうちょっとだけ待ってくださいー」

顔は見えないけれど、三人の声だけが聞こえてくる。

ふと、宮嶋と目が合った。

「眞澄先生。甥っ子さんって、侑里くん……ですよね。里依菜さんは？」

遠慮がちに尋ねてきたけれど、彼女は二十年以上に亘《わた》ってここに勤めているので里依菜のこともよく知っている。侑里の面倒を眞澄が見ることになったと言えば、気になるのも当然だ。

侑里から聞いた経緯を告げるのに、ほんの少し躊躇った。

けれど宮嶋は、眞澄にとっては母親にも等しい存在だ。嘘《うそ》をついても簡単に見破られてしまうだろう。

「二年半ほど前に……あちらで亡くなったそうだ。ちょうど、オヤジが死んだのと同じ時期だな」

真《ま》っ直《す》ぐに目を見られなくて、デスクの上に視線を落として口を開く。数秒の間があり、小さな声がつぶやいた。

「そう……ですか」

それ以上なにも言えないのか、沈黙が漂う。

再会したばかりの侑里に「俺もおまえも、身内に縁が薄いな」と……告げたようには、彼女に言葉を向けることはできなかった。

きっと、情に篤《あつ》い彼女に悲しい顔をさせてしまう。

「眞澄先生、事務のほうもOKみたいです。パッと着替えるので、もう少しだけ待ってください」

事務の二人を伴って戻ってきた吉原は、早口でそう言いながら更衣室に向かう。宮嶋も、ハッとしたように「あら、ぼんやりしていたらいけないわ」と口にして、更衣室へ身体を向けた。

「ああ……そんなに急がなくていいから」

なにやら賑《にぎ》やかに笑いながら歩いて行った彼女たちの後ろ姿を見送った眞澄は、女性ってやつはいくつになっても賑やかなものだなぁ……と嘆息した。

不意に昨日からのやり取りを思い出す。侑里は、十七歳にしては大人しすぎるのではないかと少し心配になった。

医院に来る高校生くらいの少年や眞澄の知っている十七歳は、良くも悪くも若さに満ちていて、傍若無人《ぼうじゃくぶじん》の一歩手前という人間ばかりなのだが……彼らと比べれば侑里は過ぎるほど礼儀正しい。

ひっそりとした雰囲気を纏《まと》い、伏し目がちになってぽつぽつとしゃべる。本人は久し振りに日本語を話すからと言うけれど、それにしては綺麗な日本語を使う。所作にも雑なところがないので、まるでどこかの国の貴公子だ。

この表現が適切かどうかわからないが、ほんの少し現実離れした空気を持っている。

自分に対する遠慮もあるかもしれないなぁ、と。丁寧《ていねい》な言葉遣いを崩そうとしない侑里を思い浮かべて、なんとなく淋しい気分になった。

なんといっても、七年ぶりに顔を合わせたのだ。今すぐ打ち解けるのは無理だろう。これから同居するのだから、いずれ馴染《なじ》むはずだ。

焦ることはない。頭ではそうわかっているけれど、もどかしさは簡単に解消できそうになかった。

□□□

「ベッドはあれでいいとして、次は布団か。寝具売り場は……」

フロアの案内図を眺めて、目的地を探す。大きなホームセンターは、生活用品がすべて揃《そろ》っているので便利だ。

ただ、こういう場所での買い物に慣れていないせいか、どうにも要領が悪いという自覚がある。

現在地から目的地までの順路を指差しながら確認していると、隣にいる侑里がポツリとつぶやいた。

「……ベッドのところにあった、セットになっているものでいいです」

侑里の言う『セット』とは、敷布団と掛け布団、シーツに枕カバーなどが一式揃って安価で販売されていたもののことだ。

眞澄はわずかに眉を寄せて、売り場で言ったことと同じ反対文句を繰り返した。

「ダメだ。カバーが化繊だったし、中綿の質もイマイチだった。今は綿の肌がけ布団でいいとしても、冬になったらダウンがいる。あー……でもおまえ、ガンガンにクーラーかけるからな。夏場も使える薄手のダウンケットを一つ買っておくか。カバーは、綿一〇〇パーのヤツで……」

安さを売りにしているものは、どうしても質が落ちる。

ダメな理由をプラスして言い含めると、侑里は不満を覗《のぞ》かせることなくコクンとうなずいた。

昨日から思っていたが、どうも表情が乏しい。一切手を加えていない真っ黒な髪と、スッと切れ長の大きな瞳。パーツを一つずつ取っても派手な印象はないけれど、全体を見れば整った綺麗な顔は人目を惹《ひ》く。

日本よりも緯度が北の地域に住んでいたせいか、夏場にもかかわらず肌の色が白いので、よくできた日本人形を彷彿《ほうふつ》とさせる。

すれ違った女性が、何人も「カワイー……」とつぶやいたことに、侑里自身は気づいていないようだが。

十歳の頃の侑里を思い出せば、もう少し喜怒哀楽がハッキリしていたように思う。

七年という年月は、幼い印象ばかり前面に出ていた子供を大人びた雰囲気の少年へと変化させるのに、充分な時間だったのだろうか。確かに、上背は伸びたし外見の印象は随分と変わったが……。この七年、眞澄自身はたいして変化がないと思うので十代の成長に戸惑うばかりだ。

「あぁ……そうか」

眞澄は隣を歩く侑里の頭をチラリと見下ろして、吐息に紛《まぎ》れさせた独り言をつぶやいた。頼れる身内のいない外国で母親を亡くして……という境遇を考えれば、それも仕方がないのかもしれない。

環境がこれほど大人びさせたのだと思えば痛々しくて、可哀想なような申し訳ないような……言葉では言い表せない思いで胸がいっぱいになる。

自分を頼って日本へ戻ってきたのだから、なんとしてでも守ってやらなければという庇護《ひご》欲が刺激された。

「眞澄？」

左手で頭を撫で回すと、不思議そうな目で見上げてきた。真っ黒な艶々《つやつや》の瞳は、里依菜とよく似ている。

自分に残されたたった一人の身内なのだと思えば、なんとも形容し難い愛《いと》しさが込み上げてきた。

「布団を買って配送を頼んだら、おやつにするか。アイス、好きだろ」

「……好きです。でも、眞澄の焼いてくれるパンケーキが一番好き」

そんな可愛いセリフを言われたら、パンケーキくらいいくらでも焼いてやるという気分になる。

いや、アイスを手作りしてやるのもいいかもしれない。ついでにスーパーへ寄って、材料を買って帰ろうか。

「あ、ヤベ。忘れてた。今日はあいつらと飯を食う約束をしてたんだった」

スーパーを思い浮かべた瞬間、思い出した。

家事能力がゼロの幼馴染みと、夕食の約束をしていたのだ。彼は児童文学作家という職業柄、自宅に閉じ籠《こも》ったような状態になっている。少し前までは、眞澄が食事を運ばなければ冗談ではなく餓死してしまいそうだった。

今は、そんな彼の面倒を見てくれる存在がいるので、少し足が遠のきつつあるのだが……午後が休診の今日は、久し振りに夕食を一緒に取ることになっていた。

メニューのリクエストまで受けていたので、忘れていたという理由でキャンセルをしたら恨まれそうだ。

「………？」

足を止めた眞澄が考え込んでいるせいか、侑里は不思議そうな顔をしている。

こうなれば、侑里も連れて行くしかないか。幼馴染みの広重《ひろしげ》は、幸い七年前にも逢わせたことがある。

「昔に何回か逢ったはずだが、広ちゃんって憶えてるか?」

「なんとなく、ですが」

「今日は、あいつの家で夕食だ。いいか?」

そっと尋ねると、表情を変えることなく無言で首を縦に振る。

話しかけるとしばらく考えるような間があるのは、外国暮らしが長かったせいだろう。年齢の割に日本語が硬いのは、歩きながら本人に聞き出したところによると、接していた日本語が辞書などの限られたものだったから……ということだが。

焦らずに接してやらなければ、と改めて自分に言い聞かせる。

「じゃあ、布団を買ってアイスを食ったら夕飯の買い物だ。季節感のないバカにキムチ鍋ってリクエストされているんだが、おまえキムチって食えるか?」

どうも浮世離れしている幼馴染みは、この暑い七月に「キムチ鍋が食べたい」などと言い出したのだ。

鍋を囲むなら、大人数のほうがいいから……当然、眞澄も一緒してくれるよね? そう当然のように頭数に入れられてしまった。それにあれには、食材の調達や準備を眞澄にさせようという意図がたっぷり含まれていた。

このクソ暑いのにキムチ鍋かよ、と文句を言いつつ断れない自分は、幼馴染みにかなり甘いという自覚がある。

長らくヨーロッパに住んでいた侑里は、キムチを食べられない可能性がある。尋ねると、少し考えて首を傾げた。

「……たぶん平気です」

アヤシイ答えだ。まさかと思うが、数秒の間はキムチというものはなんだったか、考えていたのでは。

侑里が食べられなかった時のために、別のメニューも用意しておいたほうがいいかもしれない。無理して食べさせるのは可哀想だ。

寝具売り場に立った眞澄は、頭の隅で様々なことを考えながらズラリと並んだ布団を眺めた。

□　□　□

「あ……ちょっとだけ、思い出しました」

大きな白い洋館が視界に入り、侑里はポツリとつぶやいた。

十歳の頃も、何度かここに連れて来られたような気がする。おとぎ話に出てきそうな白いお屋敷は、当時の侑里にとってものすごく印象深かった。

「優しいお兄さんと、お姉さんと……おばあさんがいました。ピアノ、弾いてくれたのを憶えてます」

記憶の奥底にいる人たちを思い浮かべる。

顔はハッキリしないけれど、確か大きなピアノがあって……お姉さんが、いろんな曲を弾いてくれた。

記憶から引きずり出したものを口にすると、眞澄はほんの少し唇の端を吊り上げた。

「そうか。……お姉さんとおばあさんは、もういないんだけどな。お兄さんは、七年前のまんまだぞ」

いない……のは、なぜか。

聞いてはいけない雰囲気を感じ取り、口を噤む。それきり会話もなく眞澄の背中を追いかけて、門の前に立った。

眞澄は自宅のように慣れた手つきで門を開けて、広い庭に足を踏み入れた。

「んー……ピアノ室だな」

玄関へ向かいかけていたはずだが、立ち止まって耳を澄ませた眞澄は、玄関とは違う方向へ歩いていく。

侑里は、置いていかれないよう早足で眞澄の後を追いかけた。

建物の角を曲がったところには、ガラス張りのサンルームがあった。眞澄がそのサンルームのドアを開けて、侑里を振り返る。

「ここで靴を脱いで上がれ」

「はい」

靴を脱いでサンルームに入る。寒い時季は心地よい空間だと思うが、夏場の今だとブラインドが下ろされていてもオーブンの中にいるみたいだ。息苦しいような暑さに、頭がクラクラした。

日本の夏は、こんなに蒸し暑かっただろうか。十歳まではこの国で過ごしていたはずなのに、全然憶えていない。

たまに目の前がゆらゆらするのは、これまでいたところとの変化に身体がビックリしているせいだろう。

「侑里？」

立ち止まったせいか、眞澄が足を止めて侑里を振り返る。侑里は小走りでサンルームを抜けて、眞澄が開いたドアから室内に入った。

ドアが閉まっていた時から漏れ聞こえていたが、その部屋に入った途端ピアノの音に全身が包まれる。

ついさっき通ったサンルームとは違い、クーラーで冷やされた涼しい空気にホッと安堵の息をついた。

「やぁ、眞澄。……あれ？」

部屋の隅に置かれた、大きなクッションに座っている男が眞澄の名前を呼び、侑里に目を留めた。しばらく無言でこちらを見ていたけれど、膝の上で広げていたノートを床に置き、立ち上がって近づいてくる。

侑里の手前で歩を止めて、にっこり笑いかけてきた。

「君……侑里くんでしょ」

「あ、はい」

唐突に名前を呼ばれた侑里は、驚いてその男を見上げる。

眞澄と同じくらい、背が高い。年齢は……よくわからない。ただ、周りにある空気が眞澄とは少し違うのだけは確かだ。眞澄は『大人の男の人』という感じなのだが、この人はなんだかふわふわしている。

それを、浮世離れしていると言い表すということまでは、侑里にはわからないけれど。

「憶えてないかな。相原《あいはら》広重です。君は、広ちゃんって呼んでくれてたけど」

広ちゃん。眞澄からも聞いた名前だ。

きっと、記憶の片隅にある『優しいお兄さん』がこの人なのだと思うけど、やっぱり顔が思い出せないせいでピッタリとは一致しない。

「……少しだけ。ごめんなさい」

謝ると、「気にしなくていいよ」と笑いながら髪を撫でられた。

やっぱりこの人にとっても、侑里は十歳だった頃のイメージが強いらしい。それとも、日本では十七歳になっても頭を撫でるのは普通なのか？

「ピアノ……」

こうして話しているあいだも、ピアノの音は止まらない。

名前はわからないけど、この曲は侑里も知っている。オルゴールにもよく使われている、繊細なメロディだ。

「ああ、上手でしょう？　紹介したいけど、ピアノを弾いているあいだの彼は完全に自分の世界に入っちゃってるから、話しかけても全部シャットアウトされちゃうんだ。少しだけ待ってね」

ピアノに向かう、まっすぐに伸びた背中は……以前そこでピアノを弾いていたお姉さんのものではなかった。自分と同じくらいの年齢の男だろう。

あまりにもよどみなく旋律を奏でるので、もしかしてピアノの前にいるだけでCDをかけているのではないかと不思議な気分になった。

そっとピアノに近づいた侑里は、イスに腰かけている人の斜め後ろに立って手元を覗き込んでみた。

……CDじゃない。魔法のように、鍵盤《けんばん》の上を指が動いている。

シャットアウトしているという言葉通り、覗き込んでいる侑里の存在にも気づいていないのだろう。一心不乱にピアノを弾いている。

背後にいる眞澄と、相原と名乗った男が、なにやら小声で話していた。時折『侑里』や『里依菜』と聞こえるので、眞澄が相原に侑里のことを説明しているのだろう。

背後で交わされる自分についての話より、綺麗なアイボリーのピアノとそれを弾いている人のほうが興味深かった。

こんなに上手にピアノを弾く人は、初めて見た。侑里が知っている人たちは、自宅の小さなオルガンを気ままに弾くばかりだった。

「よし！　と。広重さん、これで……うわ！」

ピアノを弾いていた手を止めて勢いよく振り返ったのは、予想していたとおりに侑里と同じくらいの少年だった。

すぐ傍に侑里が立っていたことに驚いたらしく、「ビックリした」と言いながら大きな目を見開いている。

「あ、やっぱり気づいてなかったんだ。啓杜《けいと》くん、ピアノに集中していたから」

クスクスと笑いながら相原が近づいてきて、侑里の脇で立ち止まった。ケイトと呼ばれた彼は、困惑の表情で相原を見上げて……その後ろに視線を移す。

「広重さん、これ……誰？　つーか、来てたんだ友坂」

トモサカという呼びかけは、眞澄に対してのものだろう。自分と同じ年くらいの人間が、親しい友人のように眞澄に話しかけたことに少し驚く。

眞澄は、スーパーで買い物してきたものが入ったビニール袋を持ち上げて苦笑した。

「ああ。この真夏に、キムチ鍋の材料を持ってな」

眞澄は、彼のそんな態度を当然のように受け止めている。

やっぱり、親しそうだ。やり取りを見ていた侑里の胸が、爪先《つまさき》で引っかかれたようなかすかに痛みを訴える。

侑里の知らない眞澄が、ここにいる。

七年間日本を離れていた侑里とは違い、眞澄はずっとここに住んでいて……当然のことなのに、なんだか淋しい。

「キムチ鍋って本気だったんだ、広重さん。……で、この子は？」

ケイトの視線が、再び侑里に当てられた。

好奇心と不思議そうな色を隠しもせずに、ジーッと目を合わせられる。

「自己紹介だ、侑里」

そう促してきた眞澄は、突っ立っている侑里がモヤモヤとした感情に戸惑っているなど、気づくはずもない。

侑里はピアノの前に座ったままのケイトを見下ろして、ポツリと一言だけ口にした。

「……友坂侑里です」

その途端、ケイトは先ほどよりも大きく目を瞠る。面白いくらい表情が変わるのだな、と侑里は不思議な心地で目をしばたたかせた。

「ぅえっっ、友坂の隠し子っ？　うわぁ……大人って……」

「説明も聞かずに決めつけんな、バカ！　姉貴の子だから、甥っ子だよ」

「いてぇ！」

大股で近づいてきた眞澄が、いきなりケイトの後頭部を平手で叩いた。さほど力は入っていないようだったけれど、ケイトは声を上げて頭を抱える。端で見ていた侑里は、ビクッと肩を竦ませてしまった。

眞澄がこんなふうに誰かを叩くなんて……。

「眞澄、ポンポン気安く啓杜くんを叩かないでくれる？　それに、侑里くんがビックリしてるよ。乱暴な叔父さんはヤダねぇ？」

相原の声と共に背中に手を当てられて、身体の強張りを解く。

ビックリしたのは確かだが、乱暴な……という言葉には首を振って否定した。

「嫌じゃないです。乱暴だなんて思いません。ただちょっと、眞澄が人を叩くなんて思わなかったから……。優しい人なのに」

「……友坂、この子にどんな教育してんの？」

そうつぶやいたケイトは、今度はポカンとした顔になっていた。

侑里と眞澄、二人のあいだで視線を往復させている。

「どうでもいいだろ。つーか、おまえも自己紹介しろよ」

眞澄はケイトの質問に答えることなく、そう言って腕組みをした。

ケイトは、目をしばたたかせて腰かけていた四角いイスから立ち上がる。

「あ……そっか。ごめん。おれは新名《にいな》啓杜。漢字だと、こう……」

前触れもなく手を取られて、指で名前の漢字を書かれたことに少し驚く。せっかく教えてくれたのに、指で手のひらに書かれただけでは理解できない。

「大学二年になったばかりなんだ。N芸大の音楽学部に通ってんの。侑里は？　高校生だよな？」

手のひらを見ながら硬直していた侑里は、名前を呼ばれたことに反応して顔を上げる。目が合い、ニッと笑いかけられた。

眞澄とのやり取りといい、初対面にもかかわらず警戒心なく近づいてくることといい……近所にいた人懐っこい犬みたいだ、などと言えば怒られてしまうだろうか。でも、綺麗な毛並みの賢い犬と重ね合わせたら、途端に親近感が湧いてきた。

「……僕は、その、リヒテンシュタインに住んでいたから。高等学校までの課程は、通信教育で終わらせました」

「リヒ……？　って、どこだっけ？　耳に憶えは……あるような」

首を傾げた啓杜は、不思議そうに言いながら数回まばたきをする。目線の高さがほぼ同じなので、これまでより表情の変化がハッキリ見て取れた。

「リヒテンシュタイン。スイスとオーストリアのあいだにある、世界で六番目に小さな国だ。ちなみに、一番小さいのはどこだか言えるか？」

どう説明すればいいのかわからなかった侑里に代わって、眞澄が答えてくれる。

質問を返された啓杜は、難しい顔でしばらく考え込み……自信のなさそうな口調でポツリとつぶやいた。

「……ハワイ？」

その直後、眞澄がジロリとケイトを見下ろした。鹿爪らしい顔で、啓杜の誤りを指摘する。

「バチカン市国だ、バーカ。おまえ、大学生だろうが。恥ずかしいな。だいたいハワイは、国じゃなくてアメリカの一部だ」

「う、うるさい。地理は苦手なんだよっ！　受験にも必要なかったし。リヒテンシュタインは結構音楽にかかわりがあるから……知ってたけど、瞬時に思い出せなかっただけだ。そうやって、すぐに人をバカバカ言うのやめろよな」

言い返した啓杜と眞澄のあいだに、相原が割って入った。眞澄と啓杜のやり取りを見ていた侑里と目が合い、無言で視線を絡ませる。

「眞澄、大人げないいじめ方をするから侑里くんが唖然《あぜん》としてるよ。ねぇ？」

笑いかけられた侑里は、曖昧《あいまい》にうなずいて眞澄を見た。仲がよさそうな言い合いを、ちょっと羨《うらや》ましく思っていただけだ。

おずおずと向けた侑里の視線をどう受け取ったのか、侑里と目の合った眞澄は気まずそうに目を逸らす。

「あー……飯の準備をするか。ケート、侑里、手伝え」

それだけ口にすると、踵を返して部屋のドアを開ける。廊下に出て行く眞澄の後を、侑里は慌てて追いかけた。

「偉っそうに。絶対あんたは、亭主関白になるタイプだ」

啓杜は、ぶつぶつ言いながら眞澄の背中を睨んでいる。眞澄の背中を見ながら歩き始めた侑里の隣に、スッと肩を並べてきた。

「侑里って、そういやいくつ？」

にっこりと笑って、そう話しかけてくる。眞澄がチラリと振り向いたけれど、侑里と視線が合う前に再び正面に向き直った。

侑里は、眞澄の姿を見失わないよう広い背中を見詰めたまま長い廊下を歩きながら、ケイトの質問に答えた。

「先月、十七歳になりました」

「おれの三コ下かぁ。っても、おれは秋生まれだからまだ十九だけど。なんか、雰囲気のある美少年だよなっ。最初、友坂がどっかから誘拐してきたのかと思った。甥っ子って言われても、全然似てないからさ」

誘拐？　どうして、そんな言葉が出てくるのだろう。

侑里は少しだけ表情を曇らせると、誤解を解くべく啓杜に言い返した。

「……眞澄は誘拐なんてしません」

「そんな、大真面目《おおまじめ》に受け取らなくても……参ったな。あ、その服のせいもあるんだよ。あきらかにサイズが合ってないし。もしかして、友坂のTシャツじゃねーの？」

苦笑して自分の頭を掻いた啓杜は、侑里が着ているTシャツを指差してくる。

確かに……ジーンズは自前だが、Tシャツは眞澄のものを借りた。

袖を通した直後から大きいとは思っていたけれど、見ただけでわかってしまうほどサイズが合っていないのか。

「はい。僕はTシャツを一枚しか持っていなくて……その一枚を洗濯してしまったので、眞澄の服を借りました」

「リヒテンシュタインって、涼しいのか?」

不思議そうに尋ねてくる啓杜は、膝が出る丈のゆったりとしたズボンにTシャツ姿だ。

この服だと、風通しがよさそうだなぁと思いながら聞かれたことに答える。

「日本よりは……。真夏でも、こんなに暑くなりませんでした」

真夏でも、三十度に達する日は数えるほどだった。たいていは、二十度前後で……こうして息苦しいくらい暑くなることは滅多にない。

侑里の言葉を聞いた啓杜は、わずかに眉を寄せて尋ねてくる。

「いつ、日本に来たって?」

「昨日……正確には、一昨日《おととい》の夜です」

「それじゃあ、身体キツイだろ。友坂っ! 侑里の服、なんとかしてやれよ。すげーツラそうだぞ」

侑里が止める間もなく、啓杜が背後から声をかける。眞澄は足を止めて振り向くと、眉間に皺《しわ》を寄せて侑里を見下ろしてくる。

「ああ? ……そうなのか?」

怪訝《けげん》そうな顔で尋ねられて、侑里は慌てて首を横に振った。

ただでさえ眞澄には面倒をかけているのだから、これ以上煩わせてはいけない。啓杜が言うほど、すごくつらいわけではないのだ。

「いえ、なんともありません。大丈……」

「本当のことを言え」

大丈夫と言いかけた侑里の言葉は低い声で遮られ、怖い顔で睨みつけられてしまった。

嘘は許さないと、真っ直ぐに見下ろしてくる目が語っている。

「……少しだけ、暑いです。でも、眞澄がTシャツを貸してくれたから平気です」

懸命に大丈夫だと訴えたのに、眞澄は険しい顔のままだ。

どう言えばいいのか迷っていると、隣にいる啓杜が「そうだ！」と口にしてポンと手を叩いた。

「ちょっと待ってて。おれの着替え、いくつかここにおいてあるから……ハーフパンツ持ってくる。サイズは似たようなもんだろうし。いいよな、友坂」

自分の服を貸すと申し出てくれた啓杜は、当事者である侑里ではなく、眞澄に尋ねた。

眞澄はチラリと侑里を横目で見て、小さくうなずく。

「ああ……おまえさえよければ、ありがたい」

「じゃ、取ってくるから。先、ダイニングキッチンに行ってて」

啓杜は手を振って、小走りで廊下の奥へと向かった。

なんだか元気なところといい……やっぱり、あの犬とイメージが重なってしまう。年上の人に失礼な言葉かもしれないが、ちょっと可愛い。

「なんだあいつ。やけに面倒見がいいじゃねーか」

立ち止まったままの眞澄が、首を捻ってポツリと口にする。独り言のような言い方だったけれど、相原が答えた。

「侑里くん、大人しいし……庇護欲が刺激されるんだろうなぁ。お兄ちゃんぶってる啓杜くんも可愛いねぇ」

長身の二人に見下ろされると、成長したつもりなのにまだまだ小柄なのだと思い知らされてしまう。

それも、啓杜が隣にいると不思議と親しみを感じるポイントだろう。啓杜と侑里は、ほぼ同じくらいの体格だ。

「じゃあ、まぁ……行くか」

ポンと後頭部を軽く叩かれて、うなずく。相原はニコニコと笑いながら眞澄と侑里を見ていた。

なんだか不思議な雰囲気を持っている人だ。


「どうだ？　無理するなよ」

こうして尋ねられるのは、何回目だろう。侑里は隣にいる眞澄を見上げて、これまでと同じ言葉を返した。

「……大丈夫です。辛いけど、おいしい」

左手に小さな器を持ち、右手にはフォークを握っている。箸の使い方をすっかり忘れてしまっているので、昨日の蕎麦もフォークを使って食べたのだ。相原と啓杜の前で眞澄にそのことを言われた時は、少し恥ずかしかった。

それは別として、初めて口にした『キムチ鍋』は素直においしいと感じた。

携帯型のガスコンロに置かれた鍋の中、真っ赤な液体がぐつぐつ煮えているのを見た時はビックリしたけど、見た目ほど辛くない。野菜や肉の煮こみ料理は、リヒテンシュタインでも食べていた。

「友坂さぁ……過保護。その質問、何回目だよ」

テーブルの向こうにいる啓杜が、ボソッとつぶやいた。啓杜の隣に座っている相原は、相変わらず微笑している。

鍋から長い箸で野菜や豚肉を取り、侑里の持っている器に入れながら眞澄が言い返す。

「こいつは、おまえと違って繊細なんだよ」

その様子を見ていた啓杜は、「まぁなー」と笑った。

「大人しいし、人形みたいに可愛いもんな。十七の男って、普通もっと騒々しいもんだと思うけど」

「ああ。誰かさんが十七の時は、生意気でギャーギャーうるさかった。アレと比べたら、侑里は無害すぎて心配になる」

「人を猿みたいに言うなよ。名前もさぁ……侑里……ユーリか。おれと同じカテゴリーの名前ってだけで、なんかすげー親しみが湧くなぁ」

さっきから、眞澄と啓杜の二人で会話が進んでいる。

侑里は食べるのに一生懸命で、日本語の会話のテンポについていけない。相原はのんびりした性格らしく、マイペースで食べながら鍋に野菜や豚肉を足していた。野菜を切る時は傍で見ていただけだったが、面倒がってやらないわけではないのか。

「ケートとユーリか。……確かに同じカテゴリーだな」

「えっ、なにが……ですか？」

唐突に、名前を呼びながら肩に手を置かれる。ビクッと身体を震わせた侑里は、眞澄と啓杜を交互に見た。

なんのことだろう。沸き立つ真っ赤な鍋を集中して眺めていたせいで、眞澄たちの会話が耳を素通りしていた。

「名前だよ。おまえがユーリで、こいつがケートだろ」

眞澄が侑里と啓杜の名前を口にする。直後、侑里の正面に座っている啓杜が持っていた器をテーブルに置いた。

「そうやって、外国風に伸ばして呼ばれるのが嫌なんだよっ！　侑里もわかるだろうけど……あれ、侑里は外国にいたのか」

「はい。普通に、皆さんユーリと呼んでくださいました。……ケートくんは、こんなふうに呼ばれるの嫌ですか？」

名前が嫌？　侑里はそんなこと、考えたこともなかった。

リヒテンシュタインでは、近所のおじさんやおばさんも『ユーリ』と呼んでくれて、発声しづらい日本名じゃなくてよかったなぁと思ったくらいだ。

聞き返した侑里に、啓杜は複雑そうな顔になる。なにか、悪いことを聞いてしまったのだろうか。

「嫌っていうか……小学生の時とか、からかわれたから」

「はははは、おまえも侑里の生真面目さの前ではペースを崩されるか。おもしれぇ」

啓杜の言葉に、眞澄が声を上げて笑った。

記憶を探ってみても、からかわれたことには思い当たらない。啓杜の名前も、綺麗な名前だなぁ……と思うだけだ。

ただ啓杜自身はそう思わないらしく、笑った眞澄に怒っている。

「面白がるなっ。だいたいさぁ、侑里のそのしゃべり方なんとかならないのか？　じいちゃんとしゃべってるみてぇ」

「啓杜くん、暴言」

それまで黙っていた相原が、ポツリと口を開いた。咎める口調ではなかったけれど、啓杜はピタリと口を噤んで肩を落とす。

「……ごめん。でも、堅苦しいよ。普通でいいからさ」

普通でいいと言われても、困る。眞澄にも同じように言われたのだが、侑里にとってはこれが、

「普通……です」

としか、答えようがない。

母親が生きていた時も、外国にいるから日本語がおかしいなんて笑われないようにしなさいと、繰り返し言われてきた。

面倒になった侑里がドイツ語を使って話そうとしたら、その度に日本語に訂正されて言い直しさせられたのだ。

「あー……うん、わかった。それが、侑里の持ち味なんだな」

啓杜は、「侑里の言葉遣いについて、これ以上なにも言わない」と、申し訳なさそうに笑いかけてきた。

数秒、シーンと静かになった。ぐつぐつと、鍋が煮立っている音だけが聞こえる。

不意に、それまで無言だった眞澄が沈黙を破った。

「啓杜、頼みがある」

「なんだよ、真顔で」

「侑里の家庭教師になってくれないか？」

驚いたのは、「はぁ？」と素っ頓狂な声を上げた啓杜だけではない。侑里も、目を見開いて眞澄を見上げた。

箸の動きを止めた啓杜は、難しい表情で鍋の湯気越しに侑里を見ている。

「……家庭教師？　おれ、音楽以外の教科バカだけど。数学なんて、数IIと数Aをサラッとやっただけで放棄したし」

自分自身をバカだと評した啓杜は、高校の教科なんて忘れたと明後日《あさって》の方向に目を向けた。

侑里も、高校卒業程度の学力はつけたと言ったはずなのに……と怪訝に思いながら眞澄を見る。

もしかして、信じてもらえていないのだろうか。

「眞澄、学習が足りないなら自習でなんとかなります。ケートくん、迷惑そうです」

迷惑そうというのは少し違うかもしれないが、歓迎されていないことは確かだ。思ったままを口にすると、啓杜は即座に侑里の言葉を否定する。

「別に、メーワクとは言ってないけどさ」

「おまえに勉強は期待してねーよ。侑里はこの調子だから、高校に編入させようと思っても躊躇いがある。日本の若者文化を教えてやってくれ。ついでに、服とか持ち物の買い物に連れ出してくれないか。あ、余計なことは教えるなよっ？」

早口でそう言った眞澄に、どのタイミングで口を挟めばいいのかわからなかった。

侑里が頭の中で眞澄の言葉をリピートして理解し、反論を考えているあいだに啓杜が言い返してしまう。

「待て。なんか、すげー勝手なこと言わなかったか？　若者文化を教えろ、でも余計なことは教えるな？　どこからどこまでが余計じゃないことかなんて、わかんねーよ」

侑里はまた、二人の会話に割り込むタイミングを逃してしまった。

今度こそと気合いを入れたのに、侑里より少しだけ早く相原が話し出す。

「啓杜くん、大学はそろそろ夏休みだよね。侑里くん、眞澄が医院に出ているあいだ独りぼっちになっちゃうだろうし……長く離れていた日本のことを教えてくれる同じ年頃の友人がいたら、心強いと思うな」

相原の口から出る言葉は、しゃべり方がゆっくりだしわかりやすいので、侑里にもすぐ理解できる。

大きくうなずいた眞澄が、その相原の言葉を継いだ。

「そうそう。侑里を買い物に連れ出した時の飯代やコーヒー代は俺の財布から出すし、諸経費にプラスしてバイト代も払うぞ」

啓杜のことは、なんだか好きだなぁ……と思う。いろんなことをハッキリ言い放つけど、言葉の裏に悪気がないとわかるせいかもしれない。

テレビを見たり、眞澄と買い物に行ったりしたけれど、七年間離れていた日本は十歳までいたところとは違う国になってしまったみたいで戸惑っていた。啓杜が日本のことを教えてくれるなら、相原が言うとおりすごく心強い。

腕を組んで考えていた啓杜は、侑里がジッと見ていることに気づいたらしい。目が合うと、肩を上下させてうなずく。

「わかった。でも、おれは侑里が気に入って友達になりたいと思うから、バイト代はいらない。あ、諸経費はありがたく頂戴《ちょうだい》するけどさ！」

そう言った啓杜が、満面の笑みを向けてきた。侑里は啓杜ほどわかりやすく表情に出ていないと思うが、ホッとして頰《ほお》を緩ませる。

よかった。眞澄は忙しそうだからあまりしつこくできなかったけれど、聞きたいことはたくさんある。

「よし、決まり。いい子だな」

「子じゃねーよっ。あんた、侑里にもそうやって子供扱いしてるのか？　過保護だし……嫌われるぞ。なぁ侑里」

突然同意を求められ、目をしばたたかせる。返答に困って眞澄を見上げると、表情を曇らせて、

「構いすぎて鬱陶《うっとう》しいか？」

そう尋ねてきた。

慌てて首を横に振り、眞澄を鬱陶しいなんて思ったことはないと訴える。

「そんなふうに思いません。嬉しい」

「ほらな。おまえと違って、素直なんだよ。侑里おまえ野菜ばっかり食ってないで、肉も食えよ。皿、こっちに出せ。取ってやるから」

目の前にある器を眞澄が摑み、鍋の中から次々と豚肉や鶏肉、きのこ類を入れていく。

その様子を見ていたケイトと相原は、顔を見合わせてコッソリ話しながらなにやら笑っていた。

こうして、叔父に世話を焼かれる甥というのは、日本では一般的なことではないのか？

侑里にはよくわからないことばかりで、啓杜に教えてもらわなければならないことはたくさんありそうだ。

「しっかり食えよ」

「は……い」

コンと目の前に置かれた器に視線を落とした侑里は、こんなに食べられるのだろうかと悩

みつつフォークを握り直した。
せっかく眞澄が取ってくれたのだから、食べられないなんて言えない。

《三》

ニンジンとマッシュルーム、ネギやキャベツは侑里でもわかる。豚バラ……とは、これで正解だろうか。

少しだけ不安はあったけれど、目の前に材料を並べた侑里は、眞澄が野菜の皮剝《む》き用だと教えてくれた道具を手に持った。これだと、侑里でも手を切る心配がなく綺麗にニンジンやじゃがいもの皮が剝けるのだ。

「材料を切って、フライパンで焼いて……麺を入れたら、蒸し焼き？　水を入れて、蓋《ふた》をすればいいのか」

茹でた状態で売られていた麺の袋に印刷されている手順を復唱しながら、初めての焼きソバ作りに挑む。

日本のスーパーマーケットには、便利なものがたくさん並んでいる。

侑里がこれまで住んでいた地域の商店はもっと小さくて、乾燥したパスタや地域の野菜はたくさんの種類があったけれど、茹でた麺など売っていなかった。いちいち目を丸くする侑里に、眞澄は笑いながら一つずつ丁寧に説明をしてくれた。

侑里も十歳までは日本に住んでいたはずなのに、見覚えや食べたことのないものが大量にあるのだ。

子供の頃、母親について買い物に行くこと自体があまりなかったので、見るものすべてが珍しくても仕方がないのかもしれない。

「うわ、もう十二時半だ」

カウンターに身を乗り出した侑里は、リビングの壁にかかっている時計を確認して急《せ》いた気分になった。

眞澄が冷蔵庫に入れていたものを使って昼食を作ろうと思い立ったまではいいけれど、ここに戻ってくる時間までに完成するだろうか。午前中の患者さんの診察を終えなければ昼休みに入れないので、眞澄が自宅に上がってくる時間は日によってバラバラだ。

早く、早く……と思いながら一心不乱にニンジンの皮を剝き、まな板に置いて包丁で適当なサイズに切る。

不安定な形なので、コロコロ転がって切りづらい……。

左手で小さくなったニンジンを固定して、右手に握った包丁を押し当てた。

「えいっ、……あ」

包丁の刃が滑った瞬間、嫌な感じはした。でも、グッと力を入れていたせいで止められなかった。

痛いと思った時には、左手の親指のつけ根あたりに赤い線が走っていた。

「切っちゃった」

ジンジンと痺《しび》れたようになっている左手を、ジッと見下ろす。そうして眺めているあいだに、血が手首辺《あた》りまで伝ってきた。

どうしよう。まずは……洗うべきだろうか。

水道の蛇口を捻って流れる水の下に左手を差し入れたところで、ドアの開く音が聞こえてきた。

侑里がとろとろしていたせいで、昼休みになってしまったようだ。

「お帰りなさい」

カウンターの向こうに姿を現した眞澄に向かって、声をかける。長袖シャツの袖を捲《まく》り上げている眞澄は、「ああ」と短く答えて侑里の手元を覗き込んできた。

「なにして……なにやってんだ！」

のんびり口を開きかけたのに、突如声を荒らげてギュッと眉を寄せた。

大股でカウンターを回り込んできて、侑里の左手首を摑む。

「おまえ、ここ……切っただろ。一人で包丁を使うなと言っただろうがっ」

「ごめんなさい。お昼ご飯の準備、したかったんです。少し包丁が当たっただけなので、平気です」

眞澄の手から取り戻そうとしたけれど、強い力で手首を握って離してくれない。

表情を曇らせた眞澄の真剣な目が、侑里の左手に当てられていた。

「平気なもんか。結構深いぞ。くそ、下に来い」

下とは、医院のことか。

キッチンから引きずり出されそうになった侑里は、切っている途中の材料が転がっているまな板を振り向いた。

「あ……でも、焼きソバ」

「放っておけ！」

背中を向けた状態で怒鳴《どな》られて、ビクッと肩を竦ませた。

侑里の手を摑んだまま、早足で医院に戻ろうとする眞澄は……怒っているとしか思えない。

「え、と……靴」

「もういい。ジッとしてろ」

玄関で靴を履こうとしたら、そんな一言と同時に抱き上げられた。眞澄はサンダルに足を突っ込み、侑里を抱き上げた状態で外の階段を下りていく。

侑里はあまりにも驚いて、動くことができなかった。身体を硬くしたまま、眞澄の肩に腕を回す。

しまった。血で……白いシャツを汚してしまった。

謝りたいのに、眞澄が全身に纏っている空気がずっしり重くて容易に話しかけることができない。

侑里を抱いた眞澄が無言で医院の扉を開けると、白い服に身を包んだ女性が目を丸くしてこちらを見た。

「眞澄先生、忘れ物ですか？　あら、侑里くん……？」

知らない人から名前を呼ばれたことに驚いたけれど、疑問を口にする間がない。

眞澄は、無愛想な声で彼女の疑問に答えた。

「包丁で手ぇ切ったんだ。ちょっと診察室を使うが、宮嶋さんは気にせず昼食に行っていいから」

「まぁ大変。でも、眞澄先生が手当てしてくださるなら大丈夫ですね」

眞澄に宮嶋と呼ばれた女性は、親しみを込めた目で侑里を見ながら笑いかけてくる。侑里は戸惑い、その女性になにも言い返せないままカーテンで仕切られた小部屋に連れて行かれた。

丸いイスもあったけれど、白い布が敷かれた硬いベッドに下ろされる。

「痛いか」

「大丈夫です」

背もたれのついたイスに腰かけた眞澄は、銀色のワゴンを引き寄せて手際よくガーゼで血

を拭っていく。そのあいだも、硬い表情を崩さない。

「……スッパリ切れてるが、縫うほど深くはないな。傷跡も残らないはずだ。水で濡らしても大丈夫なテープを貼っておく」

眞澄は、そう言いながら肌色の薄いゴムのようなテープで傷を覆い、ふっと息をついて顔を上げた。

さっきまでの険しさが、少しだけ和らいだ目だった。ようやく緊張が解けた侑里は、言わなければならない言葉を喉の奥から絞り出す。

「あ……の、ありがとう。それに、ごめんなさい。眞澄のシャツ、汚した」

「気にするな。シャツくらい、どうってことねーよ。飯の準備なんかしなくていいから、怪《け》我《が》をしないように気をつけろ」

左手を大きな手に包まれて、コクンとうなずく。

イスから立ち上がった眞澄は、侑里の頭に手を置いてかすかな笑みを見せてくれた。その表情に、ホッとする。

「眞澄、毎日ここでお医者さんをしているんですね」

腰かけていたベッドから床に下りて、初めて入った診察室に視線を巡らせた。

眞澄が座っていたイスの背には、無造作に白衣がかけられている。侑里の知らない眞澄がここにいるのだと思ったら、不思議な感じだ。

「そこの小学校が終わる時間になったら、賑やかだぞ。スポーツ少年団に入ってるガキが、学校帰りにわいわい言いながら来るからな」

口調は嫌そうだけど、顔は楽しそうだ。言葉で言うほど、子供の相手を疎ましく思っていないのだと想像できる。

白衣を着て仕事をしている眞澄は、さぞ格好いいだろう。今度、見てみたいなぁ……と思いながら診察室を出る。

待合スペースがある廊下は静まり返っていて、もう誰もいなかった。

「靴……っと、そうか。おまえのこと担いで来たんだったな。もう一回、抱っこして戻るか？」

出入り口のところで立ち止まった眞澄は、侑里を振り返ってイタズラっぽい笑みを浮かべた。

「いえ。あのっ、そのスリッパ借りていいですか？」

眞澄の腕に抱き上げられてここまで来たのだと改めて言われると、唐突に恥ずかしさが込み上げてきた。

眞澄の力は強くて、手を置いた肩はしっかりしていて……侑里を簡単そうに抱き上げていた。さっきは驚きが勝っていたから深く考えなかったけれど、子供みたいに抱き上げられてしまったと思えば少し恥ずかしい。

これだから、啓杜に『過保護』とか『甘やかしている』と笑われてしまうのだろう。

「はは、さすがに抱っこは恥ずかしいか。上に戻って昼飯だ。焼きソバは俺が作るか」

「……ごめんなさい」

いつも眞澄が作ってくれるから、今日は侑里が昼食の準備をしたかったのに、結局は余計な手間をかけさせただけだった。

しょんぼりと肩を落とした侑里の頭を、眞澄の大きな手がくしゃくしゃと撫で回す。

「気にするな。おまえ、啓杜より覚えが早いし、すぐにできるようになるだろ。また今度、頼むな」

「……はい」

大きくうなずいた侑里は、眞澄の後について階段を上がった。

広い背中に血の跡がついていて、あの背中に腕を回したのだな……と思えば、心臓がいきなり変な具合に脈打った。

なんだか、苦しくなり……Tシャツの胸元を握り締める。

「侑里？　大丈夫か？」

階段の途中で足を止めた侑里を、玄関のドアを開けた眞澄が見下ろしている。このままでは無用な心配をかけてしまうと、慌てて階段を駆け上った。

「大丈夫です。……今日も暑いなぁって思っただけで」

「ああ。日本の夏は年々暑くなってる感じだなぁ」

咄嗟《とっさ》の言い訳に不自然さを感じなかったのか、眞澄は侑里を玄関の内側へ入れてドアを閉じた。

耳の奥に響いていたセミの鳴き声が、少しだけ遠ざかる。

「昼飯の後、今日も広重のところに行くんだろ。きちんと帽子を被《かぶ》っていけよ」

「はい」

ここに来てすぐ、相原の家へ行くまでの数分で気分が悪くなったことがあるせいか、外出する時は必ず帽子を被るように言われている。

こうして、自分がきちんと判断できないせいで眞澄に心配をかけさせているのだから、啓杜の言う『過保護』は少し違うと思う。

侑里のほうが、眞澄を煩わせているのだ。

「よし、飯だ。オムソバにしてやるからな。おまえの好きなチーズも入れるか」

「おむそば……とは、なんですか？」

耳慣れない言葉に、きょとんと首を傾げた。眞澄が作ってくれるご飯は、たまにビックリするものがある。

「見てのお楽しみだ」

楽しそうに笑ってキッチンへ向かう眞澄を、慌てて追いかけた。手伝いはできなくても、料理をする眞澄を見るのが好きなのだ。

啓杜は、「あのでかい手で、器用に料理するんだから不思議だよなぁ。最初は本気でビビッたし」と笑うけれど、侑里にとっては不思議というより『尊敬』の一言だ。

眞澄が作るご飯は、おいしくて優しい味がする。

「ニンジンの皮も、綺麗に剝けてるじゃねーか。なるほど、この向きで切ろうとして、包丁が滑ったんだろ」

ニンジンの頭の部分を持った眞澄は、侑里がどうやって切ろうとしたのかピタリと当てた。まるで、すぐ近くで見ていたみたいだ。

「すごい。正解です」

「こっち向きに置いたら、動かないんだ。時間のある時にもっとじっくり教えてやるから、それまで一人で包丁を持つなよ」

「はい」

侑里と話しながら、手際よく材料を切っていく。

カウンターに上半身を乗り出すようにして眞澄の手元を見物していると、眞澄は「見物料とるぞ」と笑った。

侑里の顔をチラリと見ても、手の動きは止まらないのだからやっぱりすごい。

「いくらですか？　見物料を支払っても、見ていたいです」

「……ジョークだ。タダだから、好きなだけ見てろ」

一瞬だけ手を止めた眞澄は、苦笑いを浮かべて見物の許可をくれる。

そうか。今の言葉はジョークだったのか。

どこまで本気の発言でどこからジョークなのか、侑里はどうも察しが悪いらしい。啓杜にも、よく同じように苦笑されてしまう。

笑われてしまったけれど、見ていてもいいと言ってくれたのだから遠慮なく眺めることにした。

眞澄が料理を作る姿は、どんなマジシャンよりも侑里を夢中にさせてくれた。

□　□　□

門のところにあるインターホンを鳴らすことなく広い庭に入り、施錠されていない玄関の扉を開ける。

最初は遠慮がちだったけれど、一週間も通うとすっかり慣れた。なにより、このお屋敷の住人は昔からの友人のように自然に侑里を招き入れてくれる。

玄関に用意されているスリッパを履き、光沢のあるチョコレート色の長い廊下を歩いていつも啓杜と待ち合わせている部屋のドアをノックした。

「こんにちは」

そっとドアを開いて顔を覗かせると、コの字にソファが置かれた応接セットのところには相原の姿しかなかった。

「あ、いらっしゃい侑里くん。啓杜くん今日はまだなんだ。お茶を淹れるから、ここで待ってて」

ソファに腰かけて、テーブルに置いたノートパソコンに向かっていた相原が、笑いながら侑里を手招きする。

仕事をしていたのだろう。邪魔をしてしまったと反省する侑里を、相原は「外は暑かったでしょ。早く」と空調の効いた室内に入るよう促してくる。

侑里は肩にかけていたバッグを下ろして、ソファの端に腰かけた。ふと、テーブルの隅に積まれている本に目が留まる。

「本……読んでもいいですか？」

「もちろん。好きなのを読んでてね」

笑ってうなずいた相原は、「少し待ってて」と言い置いて部屋を出て行った。

残された侑里は、表紙に『旅ネコにゃんすけシリーズ16　にゃんすけ、雪だるまの謎《なぞ》解き』と書かれている本を手に取る。赤い飾り文字のすぐ下には、大きな雪だるまと並んだ虎模様の猫が描かれていた。

これを児童文学作家だという相原が書いたのだと知っている。子供向けだけど、おれが読んでも面白いぞと侑里に差し出しながら、誇らしそうに啓杜が教えてくれた。

パラパラとページを繰ると、色鉛筆で描かれたイラストが所々にある。ここでシリーズを何冊か読ませてもらったけれど、『にゃんすけ』という名前のネコが、旅の途中に立ち寄った街で騒動に巻き込まれてそれを鮮やかに解決する……という内容だ。

子供向けということもあって、難しい漢字には読み仮名がふられているし字も大きいので、内容がスッと頭に入ってくる。

どうしてだろう。曲がったことが嫌いで、どんなに困難でも正義を貫く虎ネコのにゃんすけは、少しだけ眞澄のイメージと重なる。

「お待たせ、侑里くん」

「あ……」

突然名前を呼ばれて、驚いた。

顔を上げると、両手で銀色のトレイを持った相原がテーブルの脇に立っている。トレイには、ガラスのピッチャーとグラスが三つ載っている。ピッチャーには、綺麗なピンク色のお茶と氷がたっぷり入っていた。

何気なくページを捲《めく》っていたのに、いつの間にか夢中になって読んでいたらしい。声をかけられるまで、相原が戻ってきたことに気づかなかった。

「ローズヒップをアイスティーにしてみました。酸《す》っぱくて飲みづらいようなら、ガムシロップを入れてね」

相原がガムシロップと言いながら指差した小さな容器は、大きなピッチャーに隠れていた。グラスに注いでくれたものを、「いただきます」と恐る恐る口に運ぶ。こんな色のお茶なんて、初めてだ。

一口含んだ瞬間、酸っぱさが口の中いっぱいに広がった。レモンやライムとは違う種類の酸味だ。

「……酸っぱかったね。はい」

侑里が感想を口に出す前に、相原が笑ってガムシロップを差し出してくる。なにも言っていないのに、酸っぱいと思ったことを言い当てられてしまった。

侑里はガムシロップをたっぷり注ぎながら、どうしてわかったのだと尋ねる。

「僕、酸っぱいって顔しましたか？」

「うーん……そうだね。やせ我慢して飲もうとした啓杜くんと、同じ顔をしてた」

言いながらその時の啓杜の顔を思い出したのか、クスクスと楽しそうに肩を震わせた。

年齢が離れているし、性格的にもずいぶんと違っていると思うのだが、相原と啓杜は仲がいい。

いろいろ違うのに、二人が並んでソファに腰かけているのを目にしても、不思議と違和感がないのだ。

マドラーで混ぜてもう一度グラスに口をつけると、今度は甘みが勝っていてホッとした。

「シロップを入れないと酸っぱかったけど、すごくおいしいです」

「よかった。ビタミンCがたっぷりのハーブティーなんだよ」

侑里を見下ろした相原は、本当に嬉しそうに笑う。

眞澄と同じ年だと聞いたけれど、相原は『大人の男の人』というより『お兄さん』という感じだ。

「眞澄とはうまくやってる？」

「はい。眞澄は、すごく優しいです。でも……」

言葉を切って、手に持ったグラスに視線を落とす。ピンク色のハーブティーの表面が、ゆらゆら揺れていた。

侑里が濁した言葉の続きを、相原がそっと促してくる。

「でも？」

口に出すのに迷う。けれど、この人以外に聞いてくれる人はいないのだと思えば、言わずにいられなかった。

「ケートくんと、違う」

どう言えばいいのかわからなくて、前後をものすごく省略した言葉になってしまった。

少し考えていた相原は、これまでと同じやんわりとした口調で聞き返してくる。

「うん？　啓杜くんと違うって、眞澄の態度が？」

すごい。あんな侑里の言葉を、きちんと理解してくれている。表情には出ていないはずだが、すごく驚いた。

「……そう思います」

啓杜に対する眞澄の言動は、啓杜自身が言うには『横暴』で『デリカシーに欠ける』らしいけど、侑里は羨ましい。

あんなふうに、『バカ』と言われたり叩かれたりしたことは一度もないのだ。あれは乱暴なのではなく、親愛表現の一つだろうと侑里にもわかる。

しょんぼり肩を落とすと、相原がそっと背中を撫でてくれた。

「ああ……君と啓杜くんは、違う人間だもの。僕から見れば、眞澄は侑里くんのことをベタベタに甘やかして、大事にしているんだなって思うけど」

「わかりません」

七年も離れていたせいか、侑里に対する眞澄の態度が無理をしている不自然なものなのかどうかもわからない。

顔を上げられないままつぶやいたところで、ノックもなく廊下からドアが開かれた。

「こんにちはっ。侑里来てるー？」

啓杜はいつも元気だ。こういうのを、威勢がいいと言うのだろう。自分の日本語は間違えていないはずだ。

応接室に飛び込んできた啓杜は、ソファに座っている侑里と相原の姿を目にした途端ピタッと動きを止めた。

「広重さん、侑里のこと泣かせた？」

大股で近づいてきた啓杜は重そうなバッグを床に投げるように置いて、コの字に置かれたソファの角を挟んだ侑里の隣に座る。

ちょうど、侑里の顔も相原の顔もよく見える位置だ。

「まさか。どうして？」

突然泣かせたなどと言われた相原は、微笑《ほほえ》んで首を横に振った。侑里も、無言で小さく頭を左右に振る。

大きな目で相原を見ながら、啓杜が不満そうな顔で『泣かせた』と思うに至ったらしい理由を語る。

「だって、なんだか侑里しょぼんとしてるし。広重さんって人畜無害な顔してるのに、時々イジワルだからっ」

イジワルという、相原とは無縁そうな単語に侑里は目をしばたたかせた。啓杜は時々、眞澄を悪者みたいに言うし……不思議だ。

相原も侑里と同じように思ったのか、笑みを含んだ声で聞き返している。

「……具体的に言えば、どんな時にどんなふうに？」

「ぅ……ぅぅっ、こんなふうにだよ！」

しばらく口籠った啓杜は、やけになったように声を上げて相原から顔を背けてしまった。頬や耳が紅潮している。

怒っている……？　とは伝わってきても、それがなぜかわからない。

侑里からは見えなかった相原の顔を見ようと隣を見上げても、相原は微笑んでいるばかりで答えはなかった。

「あはは、ごめんごめん。ローズヒップティー注いであげるから、飲んで。ね？」

珍しく声を上げて笑った相原が、グラスにピンク色のハーブティーを注ぐ。啓杜が来るのがわかっていたから、グラスを三つ用意していたのだろう。

たっぷりのガムシロップを加えて手元に置かれたグラスを、啓杜は腕組みをして見下ろしている。

「おれはヘソを曲げた。お茶くらいじゃ懐柔されないから」

「じゃあ、おやつを持ってこよう。いただきもののレモンムースがあるんだ。底の部分がスポンジじゃなくて、ざっくりしたクッキー生地のやつだよ。啓杜くん、好きだよね？　侑里くんも」

「……嫌いじゃない」

啓杜はボソッと答えて、侑里は無言でうなずいた。啓杜と相原の会話は難しくて、割り込むことができなかったのだ。

えーと……啓杜がなぜか怒ったのを相原はお茶で慰めようとして、でも啓杜はそれを突っぱねて……レモンムースを好きかと尋ねた相原に、啓杜は嫌いではないと答えた。

これで、相原の謝罪を受け入れたということか？　でも、どうしても最初に啓杜が不機嫌になった理由が不明だ。

侑里が一人うつむいて悩んでいると、相原がソファから立ち上がった。

「冷蔵庫から取ってくるよ。二人で、お茶を飲みながら待っててね」

啓杜は答えなかったけれど、今度はハーブティーの入ったグラスを手に持つ。相原は目の合った侑里に苦笑して見せて、応接室を出て行った。

人と人のやり取りは、傍で聞いているだけでも難しい。特に日本語は、同じ言葉でもニュアンスで意味が違ってくる。眞澄が、本などの知識だけではダメだと言ったわけが少しだけわかった。

「ケートくん、広重さんに怒った？　なにが悪かった？」

考えてもわからないので、手っ取り早く本人に尋ねてみることにした。啓杜には、疑問があればなんでも聞けと言われている。

「……秘密。あの人さ、普段は羊とか草食動物みたいなイメージだろ。でも、実は背中にファスナーがあってさ、たまにそれがちょっとだけ開いて中身がはみ出るんだよね」

いつも侑里に答えをくれる啓杜なのに、今回は秘密だと苦い顔をした。それだけでなく、侑里をますます混乱させる言葉を続ける。

「羊。ファスナー。中身……？」

復唱しながら、頭の中で想像してみる。

相原が、のんびり牧草を食べている羊で……なぜか背中にファスナーがある。少しだけファスナーを開けてみても、『中身』の意味がわからない。

普通に考えれば、羊毛を刈り取られてしまった哀れな姿の羊が……。いや、内臓とかの怖い意味だろうか。

どんどん怖い方向に考えている侑里をよそに、啓杜は自分で注いだ二杯目のハーブティーを飲んでいる。

「友坂に言えばわかってくれるはずだから、友坂に解説してもらって。すげー嫌がるだろうけど」

眞澄の名前を出した啓杜は、さっきまでの不機嫌さを脱ぎ捨てて「ククク……」と楽しそうに笑った。

眞澄が教えてくれるなら、まぁいいか。眞澄は侑里に対して回りくどい言い方をしないので、説明すべてがとてもわかりやすい。

「眞澄に聞きます」

うなずいた侑里の顔を、啓杜がジッと見ていた。なにかと思えば、自分の膝に手をついて身を乗り出してくる。

「侑里さ、本当に友坂を信用してるっていうか……ぶっちゃけ、ダイスキだよな？」

「はい。眞澄のことは大好きです。あんなに優しい人は他にいません」

迷うことなく、即答した。

眞澄を大好きという言葉を否定する理由など、一つもない。もちろん啓杜や相原も好きだけど、眞澄は侑里にとって別格だ。

「そう……かぁ？　まぁ、第一印象で損するタイプだろうから、外見ほど悪人じゃないのはわかるしやたらと面倒見がいいとは思うけど……。おれなんか、サルとかバカ呼ばわりされてるからなー。……バカを否定はできないけどさ。しょっちゅう殴られてたら、マジで脳細胞が減るっての」

侑里の返事を聞いた啓杜は、難しい表情でぶつぶつと独り言のようにつぶやく。

侑里は、聞き取れて意味がわかった部分に懸命になって反論した。

「ケートくんはバカじゃないです！　眞澄も、わかっているはずです。その上での、コミュニケーションでしょう？　叩くのも、スキンシップの一環だと思いますし。僕なんて、怪我してやっと抱っこしてくれて……」

勢いで、余計なことまで口にしてしまった。

そう気づいて口を噤んだ時は、もう遅かった。侑里の愚痴《ぐち》は、しっかり啓杜の耳に入ってしまったらしい。

「抱っこか……。なんか衝撃の発言だけど、それより怪我ってどうしたんだ？」

目には心配を滲ませて唇の端がわずかに持ち上がった、複雑な表情で尋ねてくる。侑里は眞澄が貼ってくれたテープを見せながら、なにが起こったのか簡単に説明した。

「あ……僕のミスで、うっかり包丁で手を切ってしまっただけです。そうしたら、下の医院まで眞澄が抱っこして連れて行ってくれました」

省略した説明だったけれど、啓杜はわかってくれたらしい。

それなら納得……とうなずく。

「ああ、なるほど。過保護だからなー。侑里が怪我なんてしたら、さぞ怖い顔になっただろ。こーんな」

ギュッと眉を寄せて唇を引き結んだ啓杜を、侑里は目を丸くして見た。

確かに、侑里の傷を目にした眞澄は眉を寄せて怖い顔になった。医院に下りて傷にテープを貼り、やっと表情を緩ませたのだ。

「そのとおりです。ケートくん、すごい。どうしてわかったんですか？」

「わかるって。大事な大事な侑里が血を！　ってメチャクチャ焦ったに決まってる。動揺と心配を誤魔化すのに、こうやって眉を寄せたんだろ。友坂って絶対に、照れたら仏頂面になるタイプだよな」

当然のようにそう言うけれど、やっぱりすごいと思う。

ふと、啓杜が眞澄のことをそれだけ理解しているのだと気づき、高揚していた気分がスッと冷めた。

どうして、こんなに変な気持ちになるのだろう。

「侑里？　手、痛いか？」

侑里が黙り込んだせいか、啓杜が心配を滲ませた声で話しかけてくる。視界の端に啓杜の手が映り、咄嗟に右手で左手を覆いながら身体を逃がした。

「ダメッ！　眞澄が貼ってくれたテープだから、眞澄しか触っちゃダメです。ケートくんでも、ダメ」

心配してくれていたのに、頑なに拒絶した。啓杜は、驚いた顔をしている。

自分がどうしたいのか、なにを考えているのかさえ混乱してわからなくなり、侑里はズキズキする左手を強く握る。

「ご、ごめんなさい。でも、眞澄が……」

「わかった。触らないから、そんなに握るな。痛いだろ」

落ち着いた声でそう言いながら、右手の甲を軽く叩かれた。侑里は何度もうなずいて、そろりと右手の力を抜く。

「あの……ケートくん。ケートくんが嫌なんじゃなくて」

「わかってるよ。友坂が特別なんだろ」

「……ん」

特別だと言ってくれた啓杜にこくんとうなずいて、眞澄の顔を思い浮かべた。

眞澄はすごく格好いい。男っぽいキリッとした端整な顔で、侑里の理想を全部詰め込んで人の形にしたみたいだ。

朝の、ぽつぽつヒゲの生えた顔でさえ格好よくて、毎朝顔を合わせているのに見惚れてしまう。

最初は「あまり見るな」と嫌そうな顔をしていた眞澄も、今では侑里の好きにさせてくれる。

気がつけば侑里は、啓杜を相手にどれほど眞澄が格好いいか一生懸命語っていた。

「……で、フライパンを片手で持って手首の動きだけでパンケーキをクルリと引っくり返すんです。あっ、そうだ。この前なんて、ココアを混ぜた生地を使って、パンダ模様のパンケーキを作ってくれたんです！　ケートくんも、すっごく格好いいと思いませんか？」

「はは……パンダ。相変わらず、凝ってるな。つーか、それを格好いいって……侑里の感覚もちょっと変……」

黙って聞いてくれていた啓杜だが、ボソッとつぶやいた。これも冗談なのかと思ったけれど、侑里を見る目は真面目なものだ。

変……なんて、初めて言われた。

「そうですか？　手とか大きくて、背中が広くて……僕のこと、簡単に抱き上げました。これだと、ケートくんも格好いいって思うでしょう？」

今度はもっと具体的に、どこが格好いいか語った。

抱き上げられて、手を置いた眞澄の肩を思い出すとドキドキする。血を見たことで少なからず動揺があったのか、記憶が薄くてもったいない。

天井を見上げて難しい顔をしていた啓杜は、迷うような口調でポツポツと口を開いた。

「なんか、友坂のことが……好きみたいだな」

「？　さっきも言いましたが、すごく好きです」

好きみたい、ではない。

だいたい、啓杜のほうから「侑里は友坂がダイスキだ」と言い出したのだ。

「いや、その『好き』とは意味が違う。普段は無口な侑里が、友坂のコトになるとこんなにしゃべるんだなー……とか思って。それに、まるで『恋する相手』を語っているみたいに目を輝かせていたから。なーんて、不気味なこと言って悪《わり》ぃ」

不思議に思ったのが表情に出ていたのか、チラッと侑里を見た啓杜は顔の前で手を振りながら早口でそう言った。

不気味なこと？　と聞き返そうとしたところで、ドアが開く。

「お待たせ。ホールのレモンムースを切るのに、ちょっと手間取っちゃった。土台が砕けてるかもしれないけど、味は変わらないはずだから」

トレイを左手に持った相原は、デザートフォークを添えた白い皿を三つテーブルに置く。

ちょっと手間取ったという三角形のケーキは、見事に切り口がガタガタだった。

「キレーに切ってても、腹に入ったら一緒だし気にしない。いただきます！」

そう言って笑った啓杜は、もう相原に対して怒っていないらしい。

お腹《なか》がすいていたのか、さっそくフォークを手にしてレモンムースを口に運んでいる。

「侑里くんも、どうぞ。眞澄だと、綺麗にカットしてくれるんだけどね……どうも僕は不器用で」

「僕も、気になりません。いただきます」

照れ笑いを浮かべた相原に、ペコリと頭を下げてレモンムースにフォークを差し込んだ。

薄く表面に塗られた黄色いゼリーのところは酸っぱくて、中の白いムースは酸味のあるチーズにほんのりレモン味で、ホイップクリームみたいに口の中で蕩《とろ》ける。おいしい。けど、この前眞澄が作ってくれたプリンも、お店で売っているものに負けないくらいおいしかった。

眞澄はご飯だけでなく、お菓子も上手に作るのだ。

レモンムースを食べながら眞澄のことを考えていると、相原が話しかけてくる。

「さっき盛り上がってたみたいだけど、二人でなんの話をしていたの？　僕が部屋に入ってきて、邪魔しちゃった？」

示し合わせたわけではないけれど、啓杜と顔を見合わせてしまった。

啓杜は、「あー……なんて言うか」と困った表情で視線を泳がせる。

「僕が、眞澄のことが大好きという話でした。そうしたら、ケートくんが……えっと、なんでしたか？」

最後のほうは、しっかり聞き取れなかった。

不気味だとか言われたことだけは、憶えているが、なにに対して不気味なのかは忘れてしまった。

チラリと相原に目を向けた啓杜は、一つため息をついて迷いを滲ませながら口にする。

「……侑里の友坂に対する好きの種類が、叔父サンにっていうより恋愛に近いんじゃないかってフシダラ……じゃないや、えっと下世話なことを思ったんだよ。変な言い方して悪かった。友坂に知られたら殴られそう」

「好きの……種類」

そんなの、考えたこともなかった。好きという想いに、種類があるということさえ侑里はよくわかっていなかった。

でも……。

「ケートくんの言うとおりかもしれません」

うなずいて、啓杜の言葉を認める。

一瞬ポカンとした顔になった啓杜は、持っていたフォークをテーブルに落として驚愕《きょうがく》を表した。

「はぁあっ⁉　ちょっと待てっ。なんで、そんなこと真顔で……妙なこと言い出したおれが悪いのかっ？」

しゃべりながら混乱を深めたらしい啓杜は、言葉を切ると両手で頭を抱えてしまった。

侑里は、困って相原を見る。相原は、いつもと変わらない優しい笑みを浮かべていてホッとした。

少しだけ首を傾げた相原は、なにか考えていたようだが、

「侑里くん、眞澄とキスしたいと思う？　挨拶のバードキスじゃないからね。フレンチキスのほう。あと、抱き合いたいとか」

穏やかな声でそう言いながら、そっと人差し指を唇に押し当てられた。

眞澄とキス。挨拶のキスではなく……？

唇に触れた相原の指の感触を、眞澄の唇に置き換える。途端に、心臓が猛スピードで脈打ち始めた。

「……広重さーん……なに言ってんだよぅ」

頭を抱えたままの啓杜は、弱った声でそうぼやいていたけれど、侑里は自分自身の反応に戸惑った。

こんなふうに心臓が激しく脈打ったり、首から上が熱くなるなんて初めてかもしれない。

「キスは……してみたいです。抱き合う？　ギュッと抱っこされるのは、心地よくて心臓がドキドキしました。これは、眞澄を……恋愛で好きだから？」

疑問混じりに口にしながら、一つずつ確認する。相原は、侑里の症状から答えがわかるのだろうか。

頭を抱えて膝に顔を伏せていた啓杜が、ガバッと顔を上げた。

「ちょっと待てってて。二人ともなに普通に話してんの？　血の繋《つな》がった叔父サンなんだろ。禁断の愛じゃんか」

「眞澄とは、血が繋がっていません。それでも、キンダンノアイになるのですか？」

確かに、カトリックでは同性愛は固く禁じられている。リヒテンシュタインではカトリックが多く、近所の人に誘われて時々日曜に訪れていた教会で、神父さんがそう語っていたのも聞いたことがある。

でも、侑里は洗礼を受けていないのでクリスチャンではないし、啓杜が言うように眞澄と血が繋がっているわけではない。

「あぁっ？　血が繋がってない？　あ……頭痛くなってきた」

啓杜の驚きを含んだ声を聞くのは、今日だけで何度目になるだろう。特大のため息をついた啓杜は、肩を落として右手を額に押し当てている。

「侑里くん、君……知ってたんだ」

それに反して、相原はわずかに目を瞠ったただけだった。遠慮がちな言葉から、相原も知っていたのだと悟る。

「はい。お母さんが教えてくれました。お母さんのお父さんと、眞澄のお母さんがケッコンしたからお母さんは眞澄のお姉さんなんだって。だから、僕と眞澄に血縁関係はないんですよね？」

もう驚きの声を上げる余力もないのか、啓杜はのろのろ顔を上げて訝《いぶか》しそうな表情で相原を見た。

「……そっか。広重さんと友坂って幼馴染みだから、いろいろ知ってるんだ？」

「うん。眞澄のお母さんは、友坂先生のところで看護師さんをしていたんだ。小さな眞澄は、お母さんの仕事が終わるのを医院の近くで遊びながら待ってて……お祖母《ばあ》様の家に遊びに来ていた僕や近くに住むナオちゃんと仲よくなった。眞澄が『友坂』になったのは十歳の時だから、侑里くんのお祖父《じい》さんとは実の親子と変わらないくらい仲がよかったけどね。だから、医院も継いだんだし」

侑里はそこまで詳しいことは知らなかったけれど、相原に聞かせてもらってよかったなと思った。

きっと、眞澄から「侑里と血の繋がりはない」と言い出すことはなかっただろう。眞澄は優しいから、侑里にとって眞澄が身内でないなら本当に独りぼっちだということは隠そうとするはずだ。

「ん？　じゃあ……一番大きな問題はクリアってことか？　……男同士だっていうのは変わんないけど」

「そのあたりは、啓杜くんもなにも言えないでしょ」

ぶつぶつと口にした啓杜に、相原は笑って告げる。その途端、啓杜がピタリと口を噤んだ理由は侑里にはわからない。

「う……ともかくっ、本気で友坂を好きか？」

「はい。眞澄を思い浮かべたら、心臓が……ドキドキします。眞澄の傍に、ずっといたい。広重さんが言うように、キスとかしたいと思います」

今、自分が感じているままのことを言葉にした。

こうして『好きなのだ』と自覚したら、これまで胸の奥でもやもやしていた疑問がスッと解けた。

好きだから眞澄の傍は安心するし、抱き上げられて息苦しくなったに違いない。答えは、こんなに簡単なことだったのか。

侑里をジッと見ていた啓杜が、複雑な表情でポツリとつぶやいた。

「……目ぇキラキラさせて、可愛いなぁ。でもあの堅物、絶対に気づかないだろ。そういうの、鈍そうだし」

「ああ、眞澄は鈍いよ。侑里くんが『好き』って言っても、絶対にカワイイ甥っ子が好きって言ってくれたとしか受け取らないだろうな」

侑里が言葉の意味を問うより早く、相原が何度もうなずく。

どうやら、二人のあいだでは意味が通じているらしい。侑里を目にしたまま、会話を続ける。

「肝心の友坂は、侑里のことどう思ってるんだろ？」

「今の時点では、つきっきりで世話をしなきゃいけない『雛《ひな》』ってところかな。でも、いつまでも雛のままじゃないってことには気づかないだろうね」

二人の視線が注がれていることに、なんだか居心地が悪くなってきた。

眞澄にとって、侑里は『庇護しなければいけない子供』でしかないということは、わかっている。

わかっていても、どうすればいいのか思い浮かばないだけで……。

膝の上で両手を握った侑里は、ちょうど目の合った啓杜にぽつりと尋ねてみた。

「ケートくん、どうしたらいいと思いますか？」

尋ねた相手が相原ではなく啓杜だったのは、単に目が合ったのが啓杜だったからというだけだ。それでも啓杜は、少なくとも侑里よりは眞澄のことを知っていると思う。

腕を組んで首を捻っていた啓杜だが、なにか思いついたらしい。侑里に向かって、ニンマリと笑いかけてくる。

「……迫っちゃえば？　それくらいしないと、友坂はわかんないんじゃないかなー」

「啓杜くん、そんな無責任な。……ちょっと面白そうだけど」

控え目に口を開いた相原は、小さな声で最後の一言をつけ足した。

隣を見上げると、にっこり微笑みかけてくる。なんとなく聞き返すこともできず、啓杜に質問を重ねた。

「迫る、とは？」

「夜にさ、ベッドに押しかけるとか」

なるほど。夜、ベッドに押しかける……と頭の片隅にメモをする。

最初の日に真澄のベッドで一緒に寝たけれど、きっとそれとは意味が違うのだろう。

「あ、こんな時間だ。一、二時間ピアノ室使ってもいい？」

時計に目を留めた啓杜は、話しているあいだに夕方近くになっていることに気づいたらしい。

白い皿に残っていたレモンムースを猛スピードで口に運んでいる。

「ケートくん、横で見ていてもいいですか？」

立ち上がった啓杜は、そう言い出した侑里を見下ろして動きを止めた。

「おれ、完全に自分の世界に入るし……見てるだけなんて、つまんないだろ」

「ケートくんがピアノ弾いているところ、好き」

つまらないという言葉には、首を横に振った。真剣な目でピアノに向かう啓杜は、普段より大人っぽい雰囲気になる。年上の同性に使う表現として正しいかどうかはわからないが、すごく綺麗なのだ。

「侑里がよければ、いいけど」

「はい」

ソファから立ち上がった侑里は、動く気配のない相原に目を向けた。たいていは、啓杜がピアノを弾いている時は相原も傍《かたわ》らにいるのだが……。

「僕は……仕上げ段階だから、ここで仕事しているよ」

侑里が部屋に入った時、開いていたパソコンを指差す。やっぱり、仕事中に邪魔をしてしまったらしい。

「じゃ、行こう侑里。あ、その本持ってきなよ。退屈になったら、クッションに座ってそれ読めばいいいし」

床に置いていたバッグを拾い上げた啓杜は、テーブルの上にある『にゃんすけ』の本を指差した。

ピアノ室の隅には、座り心地のいい大きなクッションが置かれている。相原が持ち込んだものらしいが、侑里も何回か座らせてもらったことがある。

啓杜のピアノを聴いている時に、退屈になることはないと思うけれど……せっかくなので、持って行こう。

小脇にハードカバーの本を抱えた侑里は、「楽譜って重いんだよなー……」とぼやく啓杜と並んで応接室を出た。

《四》

おやすみなさいと挨拶《あいさつ》を交わし、それぞれの部屋に入ってから三十分。侑里《ゆうり》は、自分の枕を抱えて眞澄《ますみ》の寝室の前に立った。

素足の裏に伝わってくる廊下の温度は、生ぬるい。七年ぶりに日本に戻って覚えた言葉だが、今夜も熱帯夜なのだろう。

暑さに耐えかねた侑里が身につけているのは、リネンのショートパンツとタンクトップだ。眞澄は、肩や膝《ひざ》を冷やすなと嫌な顔をするけれど、Tシャツや長ズボンを着用すると無意識にクーラーの設定温度を下げすぎてしまう。

そうわかっているからか、それ以上の文句は言ってこない。

「……眞澄」

軽くノックをしながら名前を呼んでみた。耳を澄ましても、部屋の中はシーンと静まり返っている。

眠ってしまったのだろうか。

「勝手にごめんなさい。お邪魔《じゃま》します」

音を立てないようにドアを開けて、暗い部屋に入った。十歳の侑里を感動させた天井の仕掛けは、ぴったりと閉じている。ただ、カーテンの隙間《すきま》から外の光がかろうじて差し込むことで、完全な暗闇にはなっていない。

ドアを閉めた侑里は、足音を忍ばせて眞澄のいるベッドの脇《わき》に立った。静かだ。室温を快適に保っている、クーラーのかすかなモーター音だけが聞こえてくる。

……寝ている場合はどうしたらいいのか、ということまで聞いておけばよかった。啓杜は、ベッドに押しかけるということしか教えてくれなかったのだ。

ジーッと見ていても、眞澄が目を覚ます気配はない。

「潜り込んじゃえ」

しばらくベッド脇に立って考えていた侑里だが、気持ちよさそうに寝ている眞澄につられたのか眠気が襲ってきた。

あくびをして、抱えていた枕を眞澄のものに並べると隣に身体《からだ》を滑り込ませる。

眞澄が包《くる》まっているガーゼ素材の夏布団は、侑里が使っているものと色違いで同じものだ。やわらかくて、気持ちいい。

壁際を向いて寝ている眞澄の背中にぴったり寄り添うと、体温や規則正しく脈打つ心臓の音が伝わってきた。

こんなふうに、誰かと寄り添って眠る心地よさを侑里に教えてくれたのは眞澄だ。

ここに来てすぐ、他に布団がないからと並んで眠った時とは、なにかが違う。あの夜は安心感に包まれてあっという間に眠りに落ちたのに、今は耳の奥で激しく響く自分の心臓の音がうるさくて寝られそうにない。

「……暑《あち》ぃ」

眞澄の低いつぶやきが聞こえてきて、ビクッと身体を離した。

起こしてしまったのかと思ったが、もぞもぞと寝返りを打った眞澄は覚醒したわけではないようだ。

そっと安堵《あんど》の息をついた侑里は、こちらに向いてくれた眞澄の顔を眺めた。

目を閉じていても、格好いいなぁ……と思う。鼻筋がスッと通っていて少し薄い唇はキュッと引き結ばれている。どうして、眠りながら眉間《みけん》に皺《しわ》を寄せているのかはわからないけれど……。

自分が決して男らしい容貌《ようぼう》をしているわけではないとわかっているので、眞澄のような男っぽい外見は憧《あこが》れだ。

七年前も、今も……眞澄が一番格好いい。

「ぁ……」

不意に腕が背中に回されて、眞澄の胸元に抱き寄せられた。抱き心地を確かめるように、背中にある手の位置がもぞもぞと変わる。

背中を撫《な》でられると、くすぐったい。

「ッ……、ふ……っ」

くすぐったさに耐えられなくなって、侑里は肩を震わせながら吐息を漏らした。その途端、眞澄の動きがピタリと止まる。

「な……に。ぁあ？」

大きな手に頭を摑《つか》まれると、押しつけられていた眞澄の胸元から引き離された。侑里は薄闇に慣れていたから眞澄の顔が見えるが、たった今目を開けた眞澄は視界がハッキリしないのだろう。

ギュッと眉を寄せ、睨《にら》むような目つきで侑里を凝視している。

「侑里……か。おまえ、なにやってんだ？」

眠りの余韻《よいん》を漂わせた声は、低くかすれていて……どう言葉で表現すればいいのかわからないが、なんだかドキドキする。

こういうのを、艶《つや》っぽいとか色っぽいと言えばいいのだろうか。

「おい？」

侑里が黙っているせいか、返答を促してくる。

なにをしている？　と聞かれたら、どう答えたらいいのかも聞いておけばよかった。啓杜はこんな時どう答えればいいのか教えてくれなかったので、ここは侑里自身が考えなければならない。

「あの……眞澄と一緒に、寝たくて」

迷いながら、ぽつぽつと口に出す。そんな侑里の態度に、眞澄はほんのりと唇に笑みを浮かべた。

大きな手が、バサバサと髪を撫でてくる。受け入れてくれたのかと喜んだ直後、眞澄の口から出たのは予想外の言葉だった。

「なんだ。怖い夢でも見たか。仕方ないなぁ……」

「え、違う……っ」

怖い夢を見て、寝られなくなった侑里がベッドに潜り込んだと解釈されたらしい。いくらなんでも、そこまで子供ではない。

そうではないのだと、焦って説明しようとした侑里の言葉を眞澄が遮った。

「いい、いい。俺に格好つけるな。からかったりしねーよ。ただなぁ、日本ではいい年の男二人が同じベッドで寝ることは一般的じゃないからな。外では、あまり人に言うなよ」

指先で優しく髪を弄《いじ》られると、それ以上なにも言えなくなってしまった。もぞもぞ頭をすり寄せても、眞澄はポンと背中を叩《たた》いて受け入れてくれる。

意図した結果とは違うのだが……クーラーで冷やされていたせいか、眞澄のぬくもりは心地いい。

「ドキドキする……」

眞澄の腕の中、こんなふうになることはなかったと口に出す。リヒテンシュタインでは、毎日がゆっくり過ぎていた。

近所のおじいさんやおばあさんと花の手入れをしたり、壊れたラジオや洗濯機の修理を頼まれたり……。

最初のきっかけは、確か古いラジオだ。近所のおじいさんが自宅のラジオを修理しているのを見学しているうちに、機械いじりに興味を持った。もともと手先が器用だった侑里は、教えられたことをあっという間に吸収したのだ。

一緒に暮らしていたジャンは近所でも有名な『変わり者の画家』で、住んでいた家にラジオやテレビといったものはなかったけれど、侑里は修理を頼まれて出向いた近所の家でラジオを聴かせてもらったりCDプレーヤーで音楽を聴かせてもらったりした。

ゆったりとした日々の中で、ドキドキすることはなかった。それなのに、眞澄に逢《あ》いに行こうと決めてからはドキドキすることの連続だ。

「そんなに怖い夢だったのか？」

眞澄には、侑里が口にした『ドキドキ』の意味がきちんと伝わっていないようだ。

意思を正確に伝えることは、難しい。

「また怖い夢を見たら俺を起こしていいから、寝ちまえ。……寝られないなら、天井を開けてやろうか。リモコン、どこ置いたか。……久し振りだなぁ」

眞澄が棚になっているベッドヘッドのところを探り、リモコンを手にする。ゆっくりと天井の一部がスライドして、透明なガラス越しに星空が広がった。天気がいいらしく、雲ひとつない。

「ここを開けて寝たら、朝が眩《まぶ》しいんだけどな。早起きを覚悟しろよ」

笑みを含んだ声でそう言った眞澄は、あくびを一つして目を閉じてしまった。話しかけることができなくなり、侑里は無言で四角い星空を見上げる。

眞澄が教えてくれた、祈れば願いを叶《かな》えてくれるという有明の月。リヒテンシュタインにいた時も、思い出しては何度も願いごとをした。

十歳の侑里の願い「お母さんが迎えに来てくれますように」は、本当に叶えてくれた。母親はちゃんと迎えに来てくれて、侑里も一緒に外国へ連れて行ってくれた。

リヒテンシュタインで母親が亡くなり、独りになってからは「もう一度眞澄くんに逢いたい」と何度も祈った。

それも、きちんと叶った。

でも……今度は、どうお願いすればいいのだろう。

「眞澄と、ずっと一緒にいたい」

今の侑里が知っているシンプルな言葉で言うなら、これだけだ。今度も、有明の月は叶えてくれるだろうか。

眞澄は気持ちよさそうな寝息をたてているけれど、侑里は眞澄がほんの少し動くだけで鼓動が激しくなってしまう。

なかなか動悸の落ち着かない心臓を抱えた侑里は、眠れないまま夜空を見上げ続けた。

□□□

「あ、ケートくんもう来てる」

玄関先に啓杜《けいと》のシューズを見つけて、独り言をつぶやく。そういえば、啓杜の通う大学は夏休みに入ったと聞いた。

侑里はスリッパに足を入れると、いつもの応接室に向かった。辿《たど》り着いた応接室のドアを軽くノックして扉を開ける。

「こんにちは……あれ？」

いつもいるはずのソファのところには、啓杜の姿も相原《あいはら》の姿もない。空気がぬるいので、長くこの部屋を空《あ》けているのだろう。

二人ともここにいないということは……ピアノ室だろうか。

そう予想して応接室を出た侑里は、長い廊下を歩いてピアノ室に向かった。このあたりは大きな家が多いけれど、その中でも相原宅は一際目立っている。

たまに啓杜が泊まっていると聞いたが、それ以外は相原が独りで住んでいるらしい。使っていない部屋も、たくさんあるだろう。

「ピアノの音……しない。いないのかな」

ピアノ室が近づいてきても、音が漏れ聞こえてこない。啓杜がピアノを弾いていたら、かすかでも廊下にまで聞こえてくるのに……。

ピアノ室ではなく出かけているのかと歩みを止めかけたけれど、玄関に啓杜のシューズがあったことを思い出してピアノ室の前に立った。

ドアに手をかけると、きちんと閉まっていなかったのか触れただけで内側へ向かって開いてしまう。

誘われるように室内に片足を踏み入れた侑里は、目の前の光景にピタリと動きを止めた。

「……あ」

「あれ？」

「うわっっ！」

ピアノの前、イスのところでくっついている人影を目にした侑里がつぶやき、相原が顔を

上げ、振り向いた啓杜が叫んだ。

錯覚ではないはずだ。間違いなく、キス……していた。

「ゆ、侑里っ。来てたのか。もう、そんな時間だったんだ」

捲《まく》れ上がっていたTシャツの裾《すそ》を引っ張りながら、啓杜が立ち上がる。ピアノのイスに躓《つまず》き、相原がパッと手を出して支えた。

「啓杜、足元見ないと……」

「あー……うん。ありがと」

一応お礼を言っているけれど、身体《からだ》を支えた相原の腕を押し戻している。相原と目も合わせないなんて、普段の啓杜らしくなくて不自然だ。そういえば、相原も様子が違う。いつもは『くん』づけで呼ぶ啓杜のことを呼び捨てにしていた。

ドアを開け放したまま突っ立っている侑里に、相原が笑いかけてきた。

「……驚かせちゃったかな。ごめんね。ドアを閉めて、入っておいで」

「はい」

相原に言われるまで、ドアが開いていたことを失念していた。せっかくクーラーが室温を快適に保ってくれているのに、無意味になってしまう。

きちんと部屋に入ってドアを閉めると、そわそわ落ち着かない啓杜の傍《そば》まで歩を進めた。

「ケートくん。広重《ひろしげ》さんと、キスしてた」

啓杜と視線を合わせて、見たものを口にする。その途端、啓杜は手を振り回してますます慌てた様子になってしまった。

「それはっ、そういうふうに見えただけで……してないからっ！　そうだ。目の中に眉毛《まゆげ》が入ってさー……痛いから広重さんに見てもらってて」

視線を泳がせながら言葉を続ける啓杜の肩に、背後に立っている広重がポンと両手を乗せた。

その瞬間、ピタリと啓杜が口を閉じる。ギクシャクした動きは、まるで機械仕掛けの人形を見ているみたいだ。

「啓杜くん。それはあまりにも苦しい言い訳でしょう。それに、目に入るのは眉毛じゃなくて睫毛《まつげ》のほうが自然だよ」

相原は、普段と同じゆったりとした口調で言いながら啓杜の肩をポンポンと叩く。

肩に置かれている相原の手を摑んだ啓杜は、勢いよく背後を振り返った。

「どっちでもいいじゃんか！　なんで言い訳しないんだよ」

「侑里くんに嘘《うそ》をついても仕方ないから。……啓杜くんが僕の恋人だってこと、嘘をついて隠さなきゃいけない理由もないしね。あれ？　どうしたの啓杜くん。可愛いなぁ、涙目になってる」

相原の指が啓杜の目元を拭《ぬぐ》い、微笑《ほほえ》みかける。啓杜は、大きなため息をついてガックリと肩を落としてしまった。

「緊張感、ゼロ……」

「恋人……なんだ」

相原の言葉をポツリと復唱する。

深く息をついた啓杜はピアノのイスに腰を下ろしてしまい、弱った表情で相原を見上げた。

「も、広重さんに任せる。おれは『言わ猿』になる」

それだけ相原に向かって言い、自分の両手で口を塞《ふさ》いだ。

侑里には『イワザル』がなにかはわからなかったけれど、啓杜が話すことを放棄したということだけはわかる。

相原が侑里と目を合わせ、さっきのつぶやきに答えてくれた。

「そう、恋人。だからキスもするし、セックスも」

「なにを言い出すかー!」

突然叫んだ啓杜は、口を塞いでいた両手を離して座っていたイスから勢いよく立ち上がった。今度は、その手で相原の口を塞いでいる。

……いきなり叫ぶから、ビックリした。

驚きのあまりドキドキする心臓をTシャツの上から押さえていると、相原が啓杜の手を握って口元から引き剝《は》がす。

「啓杜くん、『言わ猿』になるんじゃなかった？」

「たった今ヤメることにした！　侑里に生々しいこと聞かせるなよっ」

啓杜は相原の着ているシャツの襟首《えりくび》を両手で摑み、ガクガクと身体を揺さぶりながら怒っている。

焦った侑里は、啓杜の腕を摑んで軽く引っ張った。

「ケートくん、広重さんに怒らないで。僕、わかりました。ケートくんと広重さんは恋人で、だから仲良しなんですね」

恋人だから、年齢が離れていて性格が正反対なようでも、自然に寄り添っていたのか。

二人が一緒にいる時に流れる空気に違和感がないのも、心が通じ合っているからだと思えば不思議ではない。

なにより、相原が啓杜を、啓杜も相原を、とても大切に思っているのがわかる。

「……そんな、あっさり納得するのか。まぁ、侑里も友坂《ともさか》が好きっていうくらいだもんな。必死で誤魔化《ごまか》そうとした自分が、ちょっとバカみたいだ……」

侑里に目を向けた啓杜は拍子抜けした表情でつぶやき、相原の襟首を解放した。

友坂が好き、という啓杜の一言で、啓杜の顔を見たら一番にアドバイスを求めようと決めていたことを思い出す。

「ケートくんが言ったとおり、昨日の夜、眞澄のベッドに潜り込みました」

前置きなく話しだした侑里の言葉を聞いた啓杜は、大きな目を見開いた。

侑里のほうに身体の向きを変えて、肩に手をかけると真顔で続きを促してくる。

「さっそく実行したのか。それからっ？」

「……眞澄の隣でうとうと寝てしまったのですが、空が明るくなる頃に目が覚めました。天井から朝日が差し込む前に眞澄も起きて、一緒に朝ご飯のパンケーキを焼きました。おいしかった」

侑里が、朝焼けの空に薄く残っている月に願いごとをしていると、眞澄も目を覚ましたのだ。

おはようと朝の挨拶を交わし、朝食の準備をするため二階に下りた。一緒に作ったパンケーキは、侑里が引っくり返すのを失敗してしまったせいで端が崩れていた上に少し焼けすぎてしまったけれど、眞澄は「うまいよ」と笑ってくれた。

昨夜からの出来事をさらりと説明した侑里が言葉を切ると、啓杜は怪訝《けげん》な顔になる。

「それ……だけ？」

「はい」

啓杜はチラッと背後にいる相原を見上げ、二人で目を合わせて小さく笑う。

どうして笑われたのかはわからないが、ガシッと勢いよく侑里の肩を摑んできた啓杜が期待した展開ではなかったのだろう。

気の抜けた声でつぶやく。

「なーんだ。友坂のカイショーなし。カワイイ侑里が好きって言ってもそれかよ。常識人は手強《てごわ》いなぁ」

「あ！　僕……好きって言っていません」

啓杜に言われるまで、綺麗《きれい》さっぱり頭から抜けていた。

眞澄が『怖い夢を見たんだろう』などと言うから、否定しなくてはという思いだけでいっぱいになっていた。

結局、眞澄の中では『怖い夢を見た侑里が、一人で眠れなくてベッドに入ってきた』ことになっているはずだ。

侑里の肩から手を離した啓杜は、少しだけ呆《あき》れの滲《にじ》む声で侑里の失敗を咎《とが》めてくる。

「なにやってんだよ。まずはそこからだろ。でも……好きってだけじゃ、友坂は『俺も』の一言で済ませそうだなぁ」

「うん。僕もそう思う。そうだな……のしかかって、ベッドに押し倒すくらいのことをしなくちゃわからないかもね。鈍感な上に頭が固いから」

啓杜の言葉を継いだ相原が、天井あたりに視線をさ迷わせながらそう言った。

のしかかって、ベッドに押し倒す……？

「わかりました。今夜は、そうしてみます」

相原や啓杜が言うことは、すべて実行してみよう。そう決めて大きくうなずくと、啓杜がギュッと侑里の腕を摑んできた。

「待て待て、侑里。あえて聞かなかったけど……友坂を押し倒してどうにかしたいとか思ってないよな。想像さえ、おれの脳が拒否してるんだけど」

「どうにか……？」

首を傾《かし》げた侑里は、相原の言った……眞澄にのしかかって、ベッドに押し倒した自分を思い浮かべた。

ただ、その先は真っ白だ。どうにかしたいというのが、具体的にどんなことなのか想像できない。

「あ、具体的にわかってないんだ。それならいいか。すげー怖いこと考えそうになっちゃった……」

侑里の顔を見ていた啓杜は、ホッとしたように笑った。啓杜はいろいろわかっているみたいなのに、無知な自分がもどかしい。

どうすればいいのか頭を悩ませて、ふと思いついた。

「ケートくん。お願いがあります」

啓杜とは視線の高さがほぼ同じなので、真《ま》っ直《す》ぐに目を合わせることができる。真剣に切り出した侑里を、啓杜も真顔で見詰め返してきた。

「なに？」

「見せてください」

「……なにを？」

「広重さんと抱き合っているところ。お手本を見たら、応用ができるはずです」

自分では名案だと思ったのだが、啓杜はマジマジと侑里の顔を凝視して……じわっと足を後ろに引いた。

数回瞬《まばた》きをすると、勢いよく首を左右に振る。

「冗談……だろ。それはマズイって。ごめん、無理。絶対に無理！　広重さんも、笑ってないでなにか言えよっ」

「うーん……眞澄に知られたら、首を絞められそうだしなぁ。口頭の説明だけで許してくれる？」

啓杜をよそに、相原はゆったりしゃべって笑いかけてくる。

ここに通うようになって二週間近く経《た》つけれど、侑里はこの人が焦ったり戸惑ったりしている姿を見たことがない。

「……はい」

見学はさせてくれないらしいが、言葉で説明してくれるという相原に、こくんとうなずく。

一つだけ気になったのは……眞澄は、首を絞めたりしないということだ。相原でも、間違えることはあるのかもしれない。

「じゃあ、応接室に行っておやつにしようか。アイスクリームを買ってきたんだ」

侑里と啓杜の背中に手を当てて、廊下に繋《つな》がるドアへと向かう。

まだ戸惑いの残る顔をしている啓杜は、床に向かって小さくつぶやいた。

「広重さんと侑里の会話って、ちょっと怖いよなぁ。どっちも、冗談じゃなくて真面目《まじめ》に発言しているあたりが、特に……」

……怖いだろうか？

□　□　□

コンコンと軽くノックをして、ドアを開ける。

明かりを消してベッドに横たわっていた昨夜とは違い、今夜の眞澄はベッドに上半身を起こして本を読んでいた。

「眞澄、入ってもいいですか？」

顔を覗《のぞ》かせて伺いを立てる。本から顔を上げた眞澄は、戸口に立つ侑里の姿を目にしてかすかに笑った。

「ああ。なんだ、また怖い夢を見そうで一人で寝られないか？」

侑里は無言で首を横に振り、眞澄の部屋に入った。後ろ手にドアを閉めて、ベッドの脇まで足を運ぶ。

黙って眞澄を見下ろしていると、侑里が入るための空間を作ろうとしてか壁際に身体をずらしてくれた。

「眞澄……」

「うん？　今夜は枕持参じゃないんだな」

侑里が手ぶらなことに気づいたらしく、手元を指差して笑いかけてくる。その笑顔を目にした途端、トクンと心臓が大きく脈打った。

眞澄は難しい表情をしていることが多くて、あまり笑わない。でも、笑えばとても優しい顔になる。

啓杜の笑顔を見ても、相原の笑顔を見ても……こんなにドキドキしない。

「侑里？　どうした……」

ベッド脇に立ったまま動こうとしない侑里を訝《いぶか》しく思ったのか、笑みを消して名前を呼びかけてくる。

コクンと喉《のど》を鳴らした侑里は、ベッドに膝を乗り上げて眞澄の肩に手を置いた。

「おい……っ？」

背中を屈《かが》めて、不思議そうな顔になった眞澄の唇に自分の唇を重ねる。

かすめる程度に触れたと思った直後、痛いくらいの力で二の腕を摑まれて眞澄の腕の長さと同じだけ引き離された。

「なにしてんだ、おまえ！」

「……眞澄が好き」

昨夜、伝え忘れていたことを口にした。

眞澄は、眉を寄せて侑里の顔を凝視している。まじまじと観察するような目は、まるで宇宙人でも見ているみたいだ。

もしかして、キスの前に言わなければならなかったのかな……と。好きと告げる順番を間違えた気もしたが、してしまったのだからもう遅い。

「俺も、おまえのことは好きだが」

眞澄の答えは、啓杜や相原が予測していたのとピッタリ同じだった。だから侑里は、あらかじめ準備していた言葉を続ける。

「キスとかしたい意味で、好き。えーと……僕のこと、スキにシテ？」

この台詞《せりふ》で間違いないはずだ。思い出しながら口にすると、着ていたタンクトップに手をかけて捲り上げた。

お腹《なか》が丸出しになったところで、その手を眞澄が強い力で摑んでくる。

「……誰の入れ知恵だ。広重か、ケートか」

こちらを睨みながら、怖い声で相原と啓杜の名前を出してきた。ただ、馴染《なじ》みのない日本語の意味はわからない。

「イレヂエ？」

「こんなふうにしろって、どっちが言った」

今度は眞澄がなにを言っているのか意味がわかった。

侑里は、握られた手首が少し痛いな……と思いながら質問に答える。

「教えてくれたのは、二人ともです。……僕が、教えてくださいとお願いしました。そうしたら、眞澄はニブイから直球勝負じゃないと気づかないよ……って」

「わかった。とりあえず、今のはなかったことにする。保留だ。……俺は寝る」

唐突に侑里の手首を解放した眞澄は、薄い布団に潜り込んで侑里に背中を向けた。

そのままピクリとも動かなくなってしまう。こちらに向けられた広い背中が、侑里を拒絶しているみたいだ。

「眞澄？　怒りましたか……？　僕、なにか悪いことをしましたか？」

「怒ってんじゃない。混乱してるんだ。おまえが悪いわけじゃないから気にするな。頼むから、そっとしておいてくれ」

どうにかしてこちらを向いてほしくて話しかけると、感情の窺《うかが》えない声でそれだけが返ってくる。

侑里にキスされるのは、嫌だったのだろうか。でも、怒ってはいないと言ってくれた。ジーッと背中を見詰めていても、微動だにしない。

一緒にいるのに背中を向けられていることが淋《さび》しくなって、侑里はベッドに身体を横たえると眞澄の背中にピッタリ寄り添った。

眞澄から拒絶の言葉はなく、ほんの少しホッとする。

「……困らせてごめんなさい。でも、本当に好き。眞澄にしか、こんなふうに思いません」

小さく口にしても、眞澄は振り向いてくれない。

なにが悪かったのかわからない自分が、一番もどかしかった。

《五》

ボールペンを強く握り、逸《はや》る心のまま罫線からはみ出す勢いで最後の一行を書き終える。机の上にボールペンを転がして、白衣を脱ぎ捨てながらイスを立った。

「さっきのばあちゃんで終わりだよな？」

「はい。……お急ぎですか？」

消毒薬や包帯といった消耗品のチェックをしていた宮嶋《みやじま》が、目を丸くして眞澄を見上げている。

「ああ。悪いが、医院の鍵《かぎ》を頼む。ポストに放り込んでおいてくれたらいい。なにかあったら、携帯鳴らしてくれ。お疲れさん」

「わかりました」

携帯電話だけ引っ掴み、歩きながら施錠を頼む。宮嶋の返事は、診察室から廊下に出る直前に耳に入った。

受付の中で事務処理をしている二人に、「お先。また明日」と言い置いて医院の外に出た。

今日が、午前中で診療の終わる木曜日で助かった。夕方まで診療のあるほかの曜日だったら、悶々《もんもん》とした気分で午後の診療をこなさなければならなかっただろう。

自宅へ続くレンガ造りの階段を上がり、玄関のドアに鍵を差し込む。開錠しようと回した右手に手ごたえはなく、思わず舌打ちしてしまった。

「チッ、また鍵をかけてねぇのか」

在宅していても施錠をしろと何度も言っているのに、周りすべてが顔見知り状態の田舎町で生活していたという侑里は、どうも防犯意識が低い。

眉を寄せた眞澄は、靴を脱ぎ捨てて大股《おおまた》で廊下を歩いた。リビングのドアを開けると、ソファに座っている侑里がパッと振り向く。

表情はあまり変わらないけれど、少しだけ見開いた目が驚きを示していた。半日診療の日だと知っていても、これほど早く自宅に戻ってくると思っていなかったのだろう。

「今日の昼飯は広重のところだ。出かけるぞ」

「……はい」

外出すると声をかけたら、ソファの座面に上げて抱え込んでいた足を下ろして立ち上がった。

まるで自分の存在感をわざと薄くするように、小さく丸まって座るのは癖だろうか。

肌寒いほどの温度に設定されていたクーラーを切ると、侑里は「着替えてきます」と眞澄の脇を通り抜けた。

無言で振り向いた眞澄は、タンクトップとショートパンツという室内着に包まれた、華奢《きゃしゃ》な背中を見送る。

最近の十代は、男でも中性的な雰囲気の子供が多い。かといって、皮下脂肪の薄い身体つきは少女と見間違えることもなく……男でも女でもない、不思議な生き物のようだ。

特に侑里は、医院にやってくる高校生くらいの少年たちと比べてもその傾向が強いように思う。

「くそ、なに血迷ってんだ俺は」

ショートパンツから真っ直ぐに伸びるしなやかな脚が、目の前をチラついた。そんな自分に戸惑い、片手で髪を掻《か》き乱す。

侑里が、あんな行動に出るからだ。

唇を押しつけるだけの不器用なキスをしたかと思えば、真っ黒な澄んだ瞳《ひとみ》で「好き……」などと。

予想もしていなかった出来事で、動揺のあまり無難にかわすこともできなかった。現実逃避だとわかっていたが、侑里に背中を向けてそれ以上わけのわからないことを言い出さないように防御するので精一杯だった。

淋しそうに名前を呼ばれて、本当は振り向いて頭を撫でてやりたかったけれど、心を鬼にして……逃げた。

やがて、背中に寄り添い……寝息を立て始めた侑里に、やっと張り詰めていた神経を緩ませた。

背中に密着する体温が気になってたまらない眞澄が、一睡もできなかったなどと当の侑里は気づいていないはずだ。

突拍子もない行動に出ながら、のん気にスヤスヤ眠る侑里が初めて悪魔に見えた。無邪気を装った、悪魔の誘惑だ。

最近では珍しい、艶々の黒髪の侑里の頭に小さな角が生えていて、細くて長くて先の尖《とが》った黒い尻尾《しっぽ》を尻から生やして……背中に蝙蝠《こうもり》のような羽を背負っている。

気を紛《まぎ》らわすために思い浮かべたそんな馬鹿な映像に、意外と似合ってカワイイのではないかという結論を出した自分は病んでいる。

十歳の頃の、ただひたすら可愛かった侑里の印象が強くて、十七歳になったのだと視覚では認識していても頭で理解できていなかったのかもしれない。

スラリと伸びたしなやかな腕や脚に視線がいってしまい、自分を誤魔化すため摑んだ、確かに子供のものではないのに細い手首に心臓が大きく脈打った。目の前の侑里が、突然未知の生物になってしまったみたいだった。

寝返りを打って侑里の顔を見てしまえばうっかり血迷ってしまいそうな自分が怖くて、一晩中身体を強張《こわば》らせていた。そのせいで、あちこちが筋肉痛だ。

朝になり、夜のことなど忘れたような顔で「おはよう」と無理やり笑いかけたけれど、気まずさのあまりまともに視線を合わせていない。

今でも、唇にぬくもりと柔らかな感触が残っているみたいで落ち着かない気分になる。触れたのは一瞬なのに……やけにインパクトが強かったせいだろう。

「眞澄、お待たせしました」

「あ……ああ」

自らの思考に沈みかけていた眞澄は、侑里の声にハッと顔を上げた。

侑里は、膝が隠れる丈のハーフパンツに穿《は》き替えて、タンクトップの上に半袖《はんそで》のシャツを羽織っている。

少し前、啓杜と一緒に買い物に出かけて購入してきたものだ。ハーフパンツという代物《しろもの》は眞澄自身が手を出すことのないものなので、同じ年頃の啓杜に買い物へ連れ出すよう頼んで正解だったのだろう。こうしてラフな格好をしていても、侑里はだらしない印象にならないから不思議だ。

「行くか」

自分がジロジロ侑里を見ていることに気づき、無理やり目を逸《そ》らして背中を向ける。

財布や携帯電話がポケットにあることを確認すると、自宅を出た。相原の住む邸宅までは、眞澄の足で五分ほどだ。侑里と一緒の時は、足を運ぶスピードを少し落とすので、もう二分ほど多くかかる。

「今日も、暑いですね」

ほんの少し前まで、日本より平均気温が低い国にいた侑里は暑さに弱い。できる限り、建物やブロック塀が陰を作っているところを選んで道路の端を歩いているが、肌に纏《まと》わりつくようなじっとりとした空気はどうしようもない。

「ああ。ザーッと夕立でもくりゃ、ちょっとはマシになるんだけどな。……おまえ、帽子を忘れただろ」

家を出て、百メートル近く歩いた今になって気づくのも間抜けな話だ。

それだけ、自分が意識して侑里を見ないようにしていたということかと思えば、少し情けない。

侑里は前を向いたまま、ポツポツと言い返してきた。

「大丈夫です。日本の暑さにもかなり慣れてきました」

「クーラーに頼ってるヤツが、なにを言うか」

侑里の頭に手を置き、ククッと肩を震わせた。クーラーで冷やされた部屋の中にいる侑里を見ると、動物園にいる、暑さにうんざりした様子のペンギンや白熊の映像を思い出してしまう。

侑里はくすぐったそうに笑い、眞澄の手から逃げた。

あまり喜怒哀楽を表に出さない侑里がふと零す笑みは可愛くて、触れていることがなんとなく気まずくなる。

不自然さを感じさせないよう……という気遣いもできずにパッと手を引き、歩く速度を少し速めた。

「ケートは、もう来てる時間か？　いつもどこで落ち合ってるんだ」

相原の住む家に到着して、庭に入りながら尋ねた。

夕方、医院を閉めてから侑里を迎えに来る自分とは違い、侑里は毎日ここで啓杜と待ち合わせをしているのだ。

「はい。ケートくん、学校が夏休みに入ったそうなので……朝からいるか、広重さんの家に泊まっているかもしれません。待ち合わせは、応接室です」

「……そうか」

いつものことだが、ここも無用心なことに鍵をかけていない。眞澄は眉を寄せながら玄関を開けて、ハの字に並んだシューズを目に留めた。

相原のものにしては小さいので、間違いなく啓杜の靴だ。侑里の言葉通り、朝からいるのか昨日からいるのかはわからないが。

あの二人の関係を知っている身としては、侑里に悪影響が出ないことを祈っていたが……早々に懸念が現実となってしまった。

昨夜《ゆうべ》、我が身に降りかかった衝撃を思い出せば、自然と足の運びが大きく……速くなる。

「あ、眞澄……待ってください」

そんな侑里の言葉も振り切って廊下を進み、相原と啓杜がいるであろう応接室の扉を勢いよく開け放った。

「ひーろーしーげ、ケート。おまえら……侑里に余計なこと教えやがったな！」

相原と啓杜の二人は並んでソファに座り、優雅にティータイムの最中だったらしい。突然飛び込んでいった眞澄に、パッと顔を向ける。

「イキナリなんだよ、友坂っ！　もともと怖い顔、もっと怖くしてさ」

「あ、本当に実行したんだ。侑里くん、本気で眞澄が好きなんだねぇ」

普段と同じ調子でそんなことを言い放つ啓杜と、人畜無害……真澄にとっては有害な笑顔で、のんびり話しかけてくる相原。

どちらに憤ればいいのか、一瞬迷った。

けれど、元凶はほぼコイツだろうと目標を定めて相原の背後に立つ。

この男は、表向きは児童文学作家として名を馳せているのだが、本人曰《いわ》く『息抜きと気分転換』でグロいポルノを書くようなとんでもない人間なのだ。爽《さわ》やかな笑顔で、眞澄が返す言葉を失うような変態発言をサラリと口にすることもある。

子供の頃から、おっとりとした雰囲気と優しげな笑みを浮かべて……中身が『アレ』なのだ。なにがどう『アレ』なのかは、改めて考えたくもない。

人間を外見で判断してはいけないと、眞澄は相原から学んだ。

近くにいるというだけで、昔からどれだけ迷惑を被《こうむ》ってきたか……思い出せばキリがない。

「広重……侑里はな、言われたことをそのまんま信じる真面目な子なんだ。なにを吹き込みやがった」

ソファの背越しに腕を伸ばし、相原の首に巻きつかせて絞め上げる。

さほど力を入れていなかったのだが、啓杜と遅れて部屋に入ってきた侑里の二人が、眞澄の左右の腕を摑んだ。

「やめろよ友坂っ。本当に凶暴だなっっ！」

「眞澄っ……広重さんは悪くないです」

当の相原は……笑っている。

自分一人が悪者になったような錯覚に陥って、眞澄は渋々と腕を放した。左右の腕を摑む十代の二人を、交互に見下ろす。

「おまえら、俺が一方的に悪いみたいな言い方するなよ」

「今のは、どう見ても広重さんのほうが被害者だろ」

……当然のようにそう答えた啓杜に、思わず薄ら笑いを漏らした。

こいつは、一年半も相原の傍にいてまだ真髄までわかっていないのか。我が身でいろいろと思い知らされているだろうに。

啓杜がよほど鈍いのか、相原が気づかせないほど巧みなのか……そのあたりは、深く考えないほうがよさそうだ。

「ケート、侑里を連れて好きなところで昼飯を食ってこい」

眞澄は特大のため息をつき、パンツの尻ポケットから財布を抜いて啓杜に向かって投げる。両手でキャッチした啓杜は、チラリと相原に目を向けてアイコンタクトを交わし、うなずいた。

「……わかった。行こう、侑里」

「あ……でも、眞澄……」

侑里は、戸惑いがちに名前を呼んできた。

自分になにか言ってもらいたいのだろうとわかっていたが、気づかないふりをして侑里に目を向けることもなくソファに腰を下ろす。

視界の隅に映る侑里は、啓杜に腕を引かれて応接室を出て行った。

ドアが閉まり、一拍置いてから相原が口を開く。

「侑里くん、眞澄の言葉を待ってたみたいなのに……なんで気づかないふりをするかな。意地悪だね」

「なにを言えって？　気をつけて飯を食って来い？」

相変わらず、のほほんとした顔の相原を睨みつける。

この男はタチの悪いことに、『のんびり』とか『おっとり』という形容詞が似合う風貌《ふうぼう》のくせに妙なところで勘が鋭い。

しかも、容赦《ようしゃ》なく突きつけてくる。

「そうじゃないって、わかってるくせに。……まともに顔も見られなくなっちゃうくらい、動揺したんだ」

「……………」

咄嗟《とっさ》になにも言えなかった。

長年のつき合いで遠慮がないのはお互い様だと思うが、もう少し遠回しな表現をしてくれないだろうか。

昨夜の侑里の言動にはただでさえダメージを受けているのに、追い討ちをかけられた気分だ。

「おまえなぁ、侑里になにを吹き込んだ。あんな……」

真っ直ぐに眞澄の目を覗き込んで、『好き』とシンプルな一言を告げてきた。つい抱き寄せそうになってしまったけれど、ピクッと震えた指先をどうにか抑え込んだ自分を褒めてやりたい。

身内としての『好き』なら、なんの問題もなかった。躊躇《ためら》いなく、「当然俺も好きだよ」

と返してやれたのに、侑里は怪訝《けげん》な顔をしていただろう眞澄に『キスとかしたい意味で』などと真顔で続けたのだ。

少しぎこちない、慣れない言葉だと丸わかりな『スキにシテ』は本当にヤバかった。

「侑里くん、本気だよ。そりゃ……僕がちょっと背中を押したけど、思いつきや軽い気持ちで眞澄が好きって言っているんじゃないと思う」

精いっぱい凄《すご》んでも、まったく意味がない。やんわりと語る相原を見ていたら、怒る気力が失《う》せてしまった。

一人で血圧を上げているのが、バカみたいだ。ため息をつき、力のない声で相原に問いを返す。

「どうしてそう言い切れる。あいつにとって、俺は唯一の身内なんだ。そりゃ……勘違いするレベルで慕ってるとしても、おかしくはないだろ」

十歳まで日本で過ごしたといっても、十歳からの七年間のほうがアイデンティティーに深くかかわるはずだ。

侑里にとって、リヒテンシュタインは馴染み深いはずで……むしろ、七年ぶりに降り立った日本のほうが『外国』という感覚だろう。

そんなところで頼れる身内が一人きりなら、依存度が高くなるのも当然だ。

「相変わらず、頭が固いなぁ。そういうの抜きにして、恋愛対象として見られるかどうかでしょ。もっとわかりやすく言えば、抱けるか否か」

「……抜きになんてできるかよ」

ダメだ。こいつと話していたら、倫理観の土台がぐらつきそうになる。

そんなふうに、理性や状況を抜きにして感情だけでものごとを考えられるわけがない。まして や、抱けるか否かなど……。

「可愛いよね、侑里くん。それは否定しない？」

子供に言い聞かせるような口調は気に食わないけれど、それは事実だから否定しない。

眞澄は、迷いなくうなずいた。

「ああ。そりゃ可愛いさ。甥《おい》っ子だからな」

「血の繋がりはなくても？」

スルリと相原の口から出たのは、そんな一言で……眞澄はもたれていたソファから背中を離して身体を捻《ひね》り、正面から相原と視線を合わせる。

「……怒るぞ。里依菜《りいな》や親父《おやじ》と血の繋がりはないが、大切な家族だった。あの人たちがいてくれたから、俺は独りにならなくて済んだ」

友坂医院で看護師として働いていた母親と友坂医師が、長くつき合っていたのは子供の眞澄でも知っていた。

二人とも結婚という形にこだわっていなかったにもかかわらず、あえて入籍したのは母親が病魔に蝕《むしば》まれていると判明したからだと……そのことを眞澄が知ったのは、母の死後ずいぶんと経ってからだった。

高校生の眞澄は、たった一人で遺《のこ》されることのないように……という母親と義父の思いを感じて自室でコッソリ涙を拭った。同時に、進路に対する迷いも吹っ切れた。

医者となって医院を継ごうと決めたのは、義務感でも使命感でもなく、眞澄自身がそうしたかったからだ。

「それはわかってるよ。変な言い方して、ごめん」

小学校低学年の頃からつき合いのある相原は、そのあたりの事情も知っている。笑みを消して、眞澄の膝を軽く叩いてきた。

こうして素直に謝られてしまったら、いつまでもピリピリしていられなくなる。やっぱりこいつはタチが悪い。

息を吐き出して身体の強張りを解いた眞澄は、身内の話になると過剰反応してしまう自分は未《いま》だ大人になりきれていないのだなと、反省する。

「ともかく、あいつは恋愛感情と身内への慕情をはき違えているんだ。そのうち誤りに気づくだろうから、これ以上脇から煽《あお》らないでくれ」

九月に入ったら、すぐに高校へ通わせよう。同年代の女の子と接していたら、自分への感情が間違いだとわかるはずだ。

同じ年頃の友人ができて数ヶ月も経てば、昨夜のように叔父に『好き』だと口走ったことをきっと後悔する。

後悔は、できるだけ少ないほうがいい。それに、自分が侑里の後悔の元となるなど、考えただけで憂鬱《ゆううつ》な気分になる。

「……眞澄自身は？　本当に、侑里くんのことは特別じゃない？　可愛いカップルで、すごくお似合いだと思うけど」

相原は思いがけず真剣な目で眞澄を見ていて、変な誤魔化し方をすることができなくなった。

「だーかーら、……俺のことはどうでもいい」

うまく逃れられず、投げやりな逃げ口上を吐き捨てる。

「どうでもよくない。僕にとって、眞澄は大切な存在だからね。……里依菜さんの、子供だから？　これまでハッキリ聞いたことはなかったけど、眞澄が独り身なのは彼女に想いを残してるから……じゃないよね？」

珍しく遠慮がちに切り出したかと思えば、そんな突拍子もないことを考えていたのか。確かに、里依菜と同じ家に暮らすようになってすぐの頃、相原に「姉ちゃんが入った後の風呂はなんだかいい匂《にお》いがする」とか、「室内に洗濯物を干しててドキドキした」とか、話した記憶があるような……ないような。

一瞬ポカンとした眞澄だが、否定しなければ誤解が深まるだけだと気づいて仕方なく口を開く。

「バーカ。そんなこと考えてたのか？　そりゃまあ、キレーなお姉さんがいきなりできたら、少年なら誰でもドキドキするだろうが。でもな、あいつの中身を知ったら、幻想は吹き飛ぶぞ。……俺の周りにいる人間は、どうしてこう外見と内面のギャップがあるヤツばかりなんだろう。しかも、本人はケロッとしてて周りが迷惑を被るんだよな……」

最後のほうは、途方に暮れた響きのぼやきになってしまった。

優しげな雰囲気の癖に中身はケモノのような相原を筆頭に、里依菜は綺麗な顔で男勝りのたくましい性格だったし、数年前に早世したもう一人の幼馴染みの奈央子《なおこ》も外見からは想像もつかない奇妙な思考の持ち主だった。

そんな人間に囲まれていたせいか、啓杜のようなわかりやすいタイプは貴重だ。接しているとホッとする。

「本当に？　だって、今まで結婚もせずに……」

表情を曇らせて真剣に語る相原だが、眞澄が自分の世話に奔走していたことを本気でわかっていないらしい。

三日も放置しておくと、この無駄に広い家の中で行き倒れになっていそうだったのだ。怖くて目を離せなかった。

そんな眞澄を、奈央子は「広ちゃんのお母さん」などと忌々《いまいま》しい言葉で表現したのだが、文句を言いながらも見捨てられないあたり、近しいものがあったかもしれない。

「できなかったんだよっ！　手のかかる誰かサンのせいでな！　でも、そろそろケートに押しつけてもよさそうだから、俺は心置きなく広重離れをさせてもらう。ケートに捨てられないよう、せいぜい変態プレイを慎むことだな」

ここしばらくで、啓杜の家事能力は格段に進歩した。面倒だと言いながら、広重のために料理のレパートリーも増やしている。眞澄が完全に手を引くことのできる日も、そう遠くないだろう。

最後に嫌味というか皮肉を混ぜたつもりだったのに、天然ボケな相原には通じなかったようだ。真顔で反論してくる。

「……啓杜くん、なかなか順応力あるよ。嫌って泣きながらでも、いつも最後には」

「やめんか、恥知らず！　そういう問題じゃねぇ。つーか……おまえらのセックス事情なんざ、聞きたくない」

眞澄では想像もつかないアレコレが続きそうだった相原の言葉を遮って、ゲッソリと肩を落とす。

斬りつけたつもりが、返り討ちに遭《あ》った気分だった。

最初は真面目に話していたはずだったのに、本題を忘れそうだ。

「ともかく、侑里に余計なことを吹き込むな」

相原の妙なペースに狂わされて、迫力のない言葉で締めくくるはめになってしまった。気力を削《そ》がれてしまったせいで、声も弱々しい。

「眞澄だって、満更じゃないくせに。素直じゃないなぁ」

緊張感のない声で言い返してくる相原は、人の話を聞いていたのだろうか。

眞澄はガシガシと片手で自分の髪を掻き乱して、あきらめの滲む声で話を逸らす。満更じゃないかどうかなど、考えたくない。

「……世の中の人間が、全員おまえみたいに『ある意味』素直に生きていたら、犯罪者だらけだろうよ」

相原は、もう言い返してこなかった。苦いものが混ざった微笑を浮かべたまま、仕方なさそうに吐息をつく。

どうして、「眞澄ったら素直じゃないんだから」という態度を取られなければならないのだろう。

勝手に決めつけておいて、なんだか理不尽じゃないか？

これ以上不毛な会話を続ける気はないので、話を切り上げる合図としてソファから立ち上がった。

「さてと。俺らは、昼飯どうするか……」

外に食べに出るには、中途半端な時間だ。

気は進まないが、この家にあるインスタント食品で済ませるしかないか。のんびりしていたら、あの二人が戻ってきてしまいそうだ。

キッチンへ行こうと一歩足を踏み出したところで、相原が手を打った。

「あ、お中元でいただいたパスタセットがあるんだ。フェトチーネはこの前啓杜くんと食べちゃったけど、ペンネとリングイネが残ってる。トマトソースの素とか、瓶《びん》詰めのアンチョビもあるからすぐに作れるよ」

すぐに作れる……か。

確かに、乾燥パスタは茹《ゆ》でればいいだけだし、トマトソースとアンチョビがあるならパスタを茹でているあいだにソースも簡単に作れる。

問題は一つ。

「……誰が？」

「もちろん眞澄が」

「だよな。おまえが作るって言い出すかと思って、ビックリした」

にっこり笑いながら当然のように指名されて、ホッとした。相原が料理をすると言い出したら、天変地異の前触れだ。

なにより、変に手を出されて怪我をされたりキッチンを破壊されたりする……という可能性を考えれば、大人しくテーブルについて待たれているほうがいい。

こうして自分が甘やかすから、相原がなにもできなくなってしまったのだとわかっているのだが。これはもう、性分だ。

「眞澄のご飯、久し振りだなぁ」

のん気に笑う相原は、眞澄が混乱と戸惑いでどれほど恐慌状態になったか、わかっていないのだろう。

人のことを散々頭が固いと言うが、逆にこいつは能天気すぎる。慎重で堅物だと言われる自分の性格形成に、この男の影響があったのは確実だ。ストッパー役が近くにいなければ、きっといろいろと恐ろしいコトが起こっていた。

「ぁー……頭、痛《いて》ぇ」

原因は、わかっている。睡眠不足だ。

相原に文句を言ったところで、根本的にはなに一つ解決しなかった。

自分が無駄なことをしたと認めたくなくて、そのことに気づかないふりをして応接室のドアノブを摑んだ。

これはもう、侑里自身があきらめるか勘違いを自覚するまで、うっかり手を伸ばさないように、自分がしっかりと気合いを入れるしかないだろう。

一時の気の迷いなのだから、一緒になって流されてしまってはいけない。後悔するのは侑里だ。そんな侑里を見たら、自分を殺したくなるに違いない。

身内が可愛いのは当然で、それを妙な感情に置き換えるのは間違いだと自分に言い聞かせながら、一心不乱に昼食を調理した。

□　□　□

太陽が西に傾きかけているので、相原の家を訪れるために自宅を出た時よりは影の範囲が広くなっている。

ただ、日中にたっぷり太陽に照らされたせいか、足元のアスファルトから伝わってくる熱はかえって増しているようだ。逆に、乗り込んだ電車は半袖のシャツから出ている部分の肌が冷たくなるほどクーラーが効いている。

侑里に電車を体験させようと思ったのだが、これなら自分の車を出すべきだったかと選択ミスを後悔した。

「眞澄……どこ、行くんですか？」

出かけるぞ、の一言で相原の家から連れ出した。

その時は黙ってうなずいた侑里も、電車に乗せられてしまうとさすがに目的地はどこなのか気になったのだろう。

手摺《てすり》に両手で摑まって、車窓を流れる風景を不安そうな表情で眺めている。

「役所だ。電話で話しても、埒《らち》があかねぇ。高校に編入するなら、手続きのためにもいろいろ必要だからな。おまえの本籍はここだし、死亡届とか出していないから里依菜の籍もまだあるだろうし……。ゴチャゴチャ言った挙げ句、本人を連れて来いってさ。そういやおまえ、パスポートとかはどうしてた？」

区役所の担当者と何度か電話で話をしたけれど、面倒なことを回りくどく説明されただけでハッキリ言ってよくわからない。

あちらも業を煮やしたのか、最後には侑里自身を連れて一度来てくれと言われた。

じゃあ最初からそう言えよ、と。喉まで出かかった言葉を、よく飲み込んだものだと自分でも思う。

平日は午後が休診となる木曜日しか動けないので、今日を待っていたのだ。

話しながら隣に立っている侑里を見下ろすと、うつむき加減で自分の足元を見ながらポツポツと答えた。

「パスポートは……お母さんが亡くなる直前に、あちらで更新しました。リヒテンシュタインには日本大使館がありませんので、スイスまで行ったことは憶《おぼ》えています。お母さんは外国語学校で日本語の先生をしていましたので、就労ビザがどうとか……すみません、僕はお母さんやジャンに任せきりだったのでよくわかりません」

「そうか。そうだよな。わからなくても仕方ない」

リヒテンシュタインへ渡った当時、侑里は十歳の子供だったのだ。わからないことばかりでも、当然だ。

侑里を残して行方不明になったという男は、無責任極まりない。一度も逢ったことのない男だが、考えれば考えるほど腹が立つ。里依菜の件にしても、こちらへきちんと連絡してくるのが筋なのに……。

湧いてきた苛立《いらだ》ちを抑え込むために視線を泳がせると、車内に掲示されているポスターの一枚へと目が吸い寄せられた。

「なーんか、おまえにちょっと似てるな」

「……え?」

眞澄がつぶやいた一言に、侑里はパッと顔を上げる。

アレだとポスターを指差したら、その先を辿って仰ぎ見たポスターにわずかに目を瞠《みは》り、スッと視線を逸らした。

「そう……でしょうか」

ポスターには、深紅のドレスを着た女の子の絵がメインに使われていた。美術館で開催さ

れている展覧会の、案内用ポスターらしい。

十代の少女だと思うが、伏し目がちでどことなく陰のある横顔には不思議な色気が漂い、妙に艶《なま》めいている。

黒目黒髪から、東洋人だろうと思うが確証はない。

「ああ。独特の雰囲気があるあたりとか……。若い頃の里依菜が、ちょうどあんな感じだったな」

あからさまに表情には出さないが、似ていると指摘した眞澄の言葉で侑里の纏う空気が少しだけ硬くなった。十七歳の少年にとって、少女に似ているというのは気に障ったかもしれないと気づき、里依菜の名前を出す。

「お母さん……が」

ポツリと口にした侑里は、もう一度ポスターを目にして唇を引き結ぶ。それきりチラリともポスターを見ることなく無言のまま窓の外を見詰めていたので、侑里がなにを思っているのか推《お》し量ることはできなかった。

目的の駅に着き、「降りるぞ」と促してホームへと出る。改札方面へと数歩歩いた時、侑里がピタリと足を止めた。

「どうした？」

電車に乗降する人波に揉《も》まれそうだったので、侑里の腕を引いてホームの端に移動する。

うつむいている侑里が、消え入りそうなほど小さな声で短い一言を漏らした。

「……気分、悪い」

慌てて顔を覗き込むと、普段から血色がいいとは言えない頬《ほお》はいつもに増して青白くなっている。

無口だったのは、具合が悪いのを我慢していたせいだったのか。

「暑気か電車に酔ったか？　……悪かった」

人の多い場所に連れ出した挙げ句、侑里自身が訴えるまで気分が悪そうだと気づかなかった自分の間抜けさ加減が憎い。

座れる場所はないかと視線を巡らせたけれど、この付近にはベンチの類《たぐい》は見当たらない。

「駅員室で休ませてもらうか？」

「平気です……動きたくない」

「……ちょっとだけ、ここにもたれてろ」

楽な姿勢でいるよう言い残して、目についた自動販売機に駆け寄って小銭を落とす。ペットボトルの水を購入して振り向くと、侑里は縋《すが》るような目で眞澄を見詰めていた。

まるで、少しでも視線を逸らしたら消えてしまうのではないかと怯《おび》えているようだ。大股で侑里の傍に戻り、ペットボトルのキャップを開けて手渡した。

「これを飲んで、少し休むといい。俺に身体を預けてもいいぞ。……暑くて、ますます気分が悪くなるか？」

　貧血状態に陥った時にうっかり倒れ込まないよう、背後から腕を回して侑里の身体を胸元に抱き込む。

　両手でペットボトルを握っている侑里は、小さく首を左右に振った。

「……ごめんなさい」

「謝らなくていい。落ち着いたらタクシーで帰るか。役所は、無理に今日じゃなくてもいいんだ。また今度にしよう」

　侑里はそっとうなずいて、ペットボトルに口をつけた。抱き寄せた侑里の背中と密着した胸元が、熱い。

　この暑い夏に、他人と密着すると考えただけで気分が悪くなりそうだ。実際、電車の中で偶然触れた他人の腕には、生理的嫌悪感に鳥肌が立った。それなのに、侑里の体温や手のひらで拭ってやった首筋の汗には、微塵《みじん》も嫌悪を感じない。

　血の繋がりなどなくても、やはり身内は特別なのだ。いつもどこか遠慮がちな侑里が可愛くて、誰かのために『どんなことでもできる』と初めて感じる。

　電車の到着や発車を知らせるアナウンス、ひっきりなしに行き交う人の喧騒、すべてが薄い膜を通して聞こえてくるみたいだった。

　腕の中にいる侑里のことだけに、ひたすら心を傾けていた。

□□□

しばらく迷っていたけれど、やっぱり回れ右をすることはできなくて、軽くノックをする。

……また、背中を向けられてしまうかもしれない。

昨夜のことを思い出して、ドアノブに手をかけた状態で再び躊躇っていると、突然内側からドアを開けられて驚いた。

「あ……の」

眞澄の顔を見ることはできなくて、パジャマの裾に視線を落とす。そんな侑里の頭上に、眞澄の声が落ちてきた。

「うろうろせずに、大人しく寝てろ。晩飯もあまり食ってなかっただろう。もう大丈夫なのか？」

「はい。迷惑をかけて、ごめんなさい」

用事があったから電車で出かけたのに、結局果たせなかった。それなのに怒ることなく、タクシーの中でも眞澄は侑里の頭を肩口に抱き寄せていてくれた。

謝りながらそろりと顔を上げる。侑里と目が合うと、眞澄は仕方なさそうに嘆息して室内に入れてくれた。

ベッドに腰かけた眞澄の正面に立ち、電車の中からずっと考えていたことを口にする。

「眞澄、僕……ドレスとか着ましょうか」

「……ああ？」

その途端、眞澄は本気でわけのわかっていない顔をした。知らない国の言葉を聞いたように、怪訝な表情で侑里を見上げてくる。

「お母さんの代わりにしてくれていいです。ドレスがダメなら、着物がいいですか？　それとも、ふわふわしたレースの下着のほうが」

思いつくまま言葉を続けているうちに、侑里が言っていることの意味を理解したようだ。

ギュッと眉間に皺《しわ》を寄せたかと思えば、露骨に目を逸らされた。

「なに言ってんだ、このバカ！　だいたい……代わりになんてならねぇよ」

代わりになんかならない。

その一言は、侑里の胸の中心をグサリと貫いた。

「そんな……。ドレスを着たら、そっくりかもしれません。僕は、お母さんに似ているとよく言われました。眞澄も、そう思うでしょう？」

母親ではないから、昨夜の眞澄は侑里に背中を向けてしまったのだと……代わりをしたら、喜んでくれると思っていた。

たった一言で拒絶されるなんて、考えてもいなかった。

「なんで、突然そんなこと言い出して……おまえ、昼間の話を立ち聞きしていたな。ケートの差し金だろ」

「…………」

咄嗟に言い訳もできなかった。まるで、ドアを透視してこちらの様子を見られていたような言葉だ。

どこかで昼食を食べろと言われて応接室を出た侑里と啓杜は、ドアにピッタリ張りついて相原と眞澄の会話を聞いていたのだ。

こんなことやめようと言いかけた口をふさがれてしまい、啓杜を止められなかった。侑里は乗り気ではなかったのだが、結果的に一緒になって聞いていたのだから同罪だ。

「二度と、代わりになるとかバカなことを言うな。わかったか？」

「わかりました……」

うなずいたものの、どうして眞澄がこんなに怖い顔をするのかわからない。

ドレスを着れば、そっくりだよ……と。可愛くて綺麗だねと言って、喜んでくれると思ったのに。

立ち尽くしたまま困惑する侑里を、眞澄も困ったように見ている。

「眞澄……今日も、ここで寝ていいですか？」

眞澄が腰かけているベッドを視線で指して、おずおずと尋ねた。眞澄は、硬い声で聞き返してくる。

「理由は？」

「理由がなければ、いけませんか」

ここで、眞澄が好きで傍にいたいから……と本当のことを口にしたら、ダメだと言われてしまうだろうか。

でも、侑里は上手に嘘をつくことができない。結果、しょんぼりとつぶやいたきり黙り込むことになってしまった。

沈黙していた眞澄が、大きく息を吐き出す。床に下ろしていた足を上げると、ベッドが小さく音を立てて軋《きし》んだ。

「おまえの好きにしたらいい。妙なことはするなよ」

「……妙なこと、とは？」

「いや……なんでもない。寝ろ。明かりを消してくれ」

眞澄はそれだけ言い残して、壁際に向いてしまった。

また背中を向けられてしまったのは淋しかったけれど、とりあえず許可をくれたので眞澄のベッドに上がり込む。

照明をリモコンでオフにして、眞澄の背中に寄り添った。

ドレスを着て、母親の代わりになるのもダメなら……どうすればいいのだろう。

どうしたら……なんと言えば、侑里にとって眞澄は特別なのだとわかってもらえるのだろうか。

途方に暮れた気分で、広い背中に密着する。

「……好き」

つぶやきに、ほんのわずかに背中が揺れたような気がしたけれど、眞澄は無言のままでこちらを向いてくれるでもない。

体温を感じられるほど近くにいるのに、どうしようもなく淋しくなってきた。

有明の月に、何回お願いすればいいのだろう。

眞澄の傍にいたい。

眞澄に、同じだけ好きになってもらいたい。

キスも……相原の言っていた『その先』も、全部眞澄と一緒がいい。

侑里がどんどんワガママになり、願いごとの数が増えすぎたせいで、月が悩んでしまったのかもしれない。

眞澄の体温を感じていると、半日前のことを思い出す。駅の雑踏の中、力強い眞澄の腕に抱き寄せられるのは心地よかった。

背中が熱くて……額に押し当てられた眞澄の手は逆に少しひんやりしていて、火照《ほて》った肌に気持ちよかった。

もっとピッタリくっついたら、比べ物にならないほど心地いいと思う。

手の中にパジャマの布を握ると背中の筋肉が強張り、眞澄が眠っていないことを教えてくれたけれど、どんなに待っても侑里のほうに身体を向けてはくれなかった。

《六》

「クロックムッシュでいいか」

「……はい」

「パン、好きな厚さに切れよ」

「わかりました」

二人でキッチンに立って朝食の準備をしていても、少しぎこちない空気が流れている。

侑里が『好き』と告げた日から、眞澄はほとんど目を合わせてくれなくなった。視線が絡んだと思っても、すぐに逸らされてしまうのだ。

ベーカリーで買ってきた一本の食パンを、パン用の包丁を使って一センチほどにスライスする。できる限り同じ厚さであと三枚切り、まな板に並べた。

「コーヒー、淹《い》れます」

後の作業は手早く眞澄がしてくれるだろうから、手持ち無沙汰《ぶさた》な侑里はコーヒーの準備をすることにした。

フィルターをセットして、コーヒーの粉を計量スプーンで量り……水のタンクを装着してスイッチを入れる。この手順も、かなり板についたはずだ。

コーヒーメーカーの脇にマグカップを置き、冷蔵庫からミルクを取り出す。

「いい匂い……」

パンとチーズの焼ける、香ばしい匂いが漂ってきた。

チーズやハムを挟んだパンを、フレンチトーストのように卵に浸して焼いたものも作ってくれたことがあるけれど、それも美味《おい》しい。空腹を感じなくなればいい、程度に思っていた侑里だが、眞澄の作ってくれるご飯を食べていると食事は幸せな気分になれるものだと思い出した。

母親の作るフレンチトーストは、焼き上がったものに粉のコーヒーとコンデンスミルクをトッピングする。甘くて、ほろ苦い大人の味で……大好きだった。

あまり料理を得意としていなかった母親が、唯一失敗することなく作ってくれたメニューだと思っていた。

なのに……この前、侑里が焼いたフレンチトーストが少し焦げたら、眞澄が「焦げ目を隠す裏ワザだ」とインスタントコーヒーの粉をかけた。その瞬間、実は母親が焦げ目を誤魔化していたのだと知ってしまった。

「……ふ」

キッチンにコーヒーの匂いが漂い、同時にフライパンで焼かれているパンを見ていたら、真実を知った瞬間の衝撃を思い出してしまった。思わず頬が緩む。

そのことをぽつぽつ眞澄に話すと、「里依菜らしい」と笑った。

サーバーに落ちたコーヒーをマグカップに注ぎ入れて、自分のものにはたっぷりのミルクを加え……としているあいだに、フライパンから白いプレートにクロックムッシュが移された。見るからに美味しそうな焼き色がついている。

「……マダムにしちまおう」

眞澄はそうつぶやいて冷蔵庫から卵を取り出し、手早く目玉焼きを作る。半熟の目玉焼きをクロックムッシュに乗せると、ナイフとフォークを添えてカウンターに並べた。

毎日見ていても、惚《ほ》れ惚《ぼ》れとする手早さだ。お嫁さんになってほしいと思う人も、いるかもしれない。

最大のライバルには、一人だけ心当たりがある。相原が、啓杜を選んでくれて本当によかった……。

「しっかり食えよ」

「はい。……いただきます」

ナイフで、クロックムッシュ……クロックマダムに変身したものを切り分けると、薄切りのハムやチーズのあいだにトマトが見えた。生のものは少し苦手だが、熱を加えられたトマトはとろりとしていて美味しい。

侑里が手を止めることなく食べ進めていることに安堵したのか、眞澄は侑里の倍ほどのスピードで朝食を終えて腰かけていたイスから立ち上がった。

「着替えてくる。ゆっくり食ってろ」

それだけ言い残し、早足にダイニングキッチンから出て行った。

一人きりになると、あんなに美味しいと感じていたご飯が途端に味気ないものになるから不思議だ。

この半月ほどで、近くに眞澄の気配があることにすっかり慣れてしまった。ものすごく贅《ぜい》沢《たく》なことだ。

「どうしよ……」

ここにずっといるには、どうすればいいのだろう。眞澄が言うように、区役所へ行けばどうにかなるのだろうか？

でも、それには……。

「侑里」

「あ、はいっ」

手の動きを止めてぼんやりしていた侑里は、突然名前を呼ばれてビクッと肩を揺らした。

パジャマから白い長袖シャツとスラックスに着替えた眞澄が、ネクタイを結びながらカウンターの脇に立つ。

「今日は半日だから、広重のところで昼飯だ。……詫《わ》びとして、あいつに奢《おご》らせてやろう。なにが食いたいか、考えておけよ」

「……はい」

うなずいた侑里の頭に手を乗せると、振り返ることなく出て行った。三分の一ほど残っていた朝食を、なんとかお腹に収める。

土曜日だから、医院は午前中だけの診療なのだ。

相原のところで、啓杜を入れた四人で昼食を食べるのはきっと楽しいと思うけれど、『詫びとして奢らせる』という言葉が引っかかる。

眞澄にとって、相原や啓杜にアドバイスをもらった侑里が『好き』と告げたのはそんなに迷惑だったのだろうか。眞澄自身は否定していたが、本当は母親に想いを残しているのかもしれない。

代わりにならないと言われてしまったけれど、やっぱりドレスを着て母親のように装うべきかな。母親によく似ていると言われる侑里を目にしたら、眞澄の気も変わるかも……。

どんな状態でも、侑里は眞澄の傍にいられればいいのだ。

「片づけ、しよう」

毎朝の朝食後の片づけは、侑里の役割だ。

こうして役割を分担してもらえることは、眞澄の生活の一部に組み込んでくれたみたいですごく嬉《うれ》しい。

食器を洗い終えて濡《ぬ》れた手をタオルで拭いていると、左手の親指のつけ根に貼られている肌色のテープが目に留まった。端が少しだけ剝がれそうになっている。

入浴や手を洗う時も、貼ったままでいいと言われていたから放っておいたけれど、剝がれかけていると気になる。

「………」

眞澄が貼ってくれたものだから、剝がしたくない。でも、気になる。

左手を凝視したまましばらく葛藤《かっとう》していた侑里だが、やっぱり剝がしてみたくなった。

少しだけ爪の先で引っ搔くと、このテープを貼ってくれた時のことを思い出す。

呆気《あっけ》なく抱き上げられて、ビックリした。誰かに抱かれて階段を下りると考えただけで不安になりそうなものなのに、眞澄の腕の中にいたら少しも怖いと思わなかった。

啓杜曰く、心配していたからだという怖い顔で、このテープを貼ってくれた。

「あ……」

リビングのソファに移動して、そっと端から剝がしてみる。二センチほどの傷は、薄い線だけを残して治っていた。

治ったよと眞澄に見せたら、どんな顔をするだろう。この数日、きちんと侑里と目を合わせてくれないので想像がつかない。

よかったな……と。髪を撫でてくれたら、きっと幸せな気分になれる。

なんとなくそわそわした気分を誤魔化すように、独り言をつぶやいた。

「えっと、テレビ……つけよう」

眞澄が医院に出ているあいだは、最近の日本についての勉強を兼ねてテレビを見ることにしている。

テレビがすべて正しいことを伝えているわけではないと、眞澄はあまり賛成してくれないけれど、侑里にとっては貴重な学習の機会だ。

ソファに足を上げて両手で抱え、映し出された映像を真剣に眺める。

室内はクーラーで適温に保たれているけれど、窓の外はギラギラと太陽が照りつけていて今日も暑そうだ。

こうしていると、眞澄のところに押しかけてきてまだ半月くらいしか経っていないのに、この家で長い時間を過ごしているみたいな錯覚を感じる。

七年を過ごしたリヒテンシュタインの家では、こんなふうに寛いだ気分になることはあまりなかったように思う。

母親がいた頃は二人の邪魔をしているような気分だったし、母親がいなくなってからもあそこには侑里の居場所はなかった。

侑里は、膝を抱えたままテレビ台の隅に置かれたカレンダーに目を移し、小さく息をつく。

……もうすぐ七月が終わる。

目はテレビを見ていたけれど、頭の中ではぼんやりと別のことを考えていた。眞澄に『似ている』と言われた絵画展のポスターを思い浮かべた時、玄関先で物音がしたのに気づいてリビングと廊下を繋ぐ扉を振り向いた。

まだ十時過ぎだ。診療を終えた眞澄が戻ってくるにしては、早すぎる。

侑里がジッと見詰めていると、遠くから荒い足音が近づいてきて勢いよく扉が開け放たれた。

「……え」

『やはりここだったか！』

ここにいるはずのない人が現れ、スッと息を呑《の》む。リアルな幻を見ているみたいだ。

肩につく長さまで無造作に伸ばされた金茶色の髪、瞳《ひとみ》の色は青緑で眞澄より上背はないけれど身幅はガッシリとしている。

侑里の頭の中は、「どうして」でいっぱいになった。硬直していると、大股で近づいてきて腕を摑まれる。

『なんで……っ』

この家のことを話したことは、一度もない。どうして侑里がここにいるとわかったのか、不思議だ。

呆然《ぼうぜん》としていると、久し振りに耳にするドイツ語が頭上から浴びせられる。

『そのうち戻ってくるだろうと待っていたが……もう待てないからな。居場所など、パスポートの住所を調べたら簡単にわかる。……勝手に出て行って、どれだけ私が心配したと思っている！』

心配したと言いながら二週間も放っておいたのは、侑里がいずれ自ら戻ってくると思っていたから。

必要になった時にいないから連れ戻しに来たのであって、心配して探し出したのではないはずだ。

『僕は……最初から日本に残るつもりだった。なのにジャンが許してくれないから、こっそりホテルを出たんだ』

正面から言い返したのは、初めてかもしれない。

いつも言いなりだった侑里が反論すると思っていなかったのか、ジャンは青緑色の瞳を眇《すが》めて睨みつけてくる。

『だいたい、なんだその格好は。着替えを持ってきて正解だった。これに着替えて、ここを出るんだ』

左腕に抱えていた白い箱から、たっぷりのレースを使ったドレスが取り出される。色は淡い水色で、見るからに涼しげなサマードレスだ。

侑里は無言で首を横に振って、摑まれたジャンの手を振り払おうとした。

『嫌だ……。僕は、ここにいる。もう、お母さんの代わりはしない』

『なにを言っている。今日のパーティーには、大切なスポンサーが多数参加するんだ。おまえも出なければいけないと最初から言っておいただろう。そのために日本に連れてきたんだ。話は後で聞くから、これに着替えてホテルに戻るんだ』

『ヤダ。ここにいる……っ』

絶対に動くものかと身体を丸めて抵抗していたら、肩を摑んでソファに押しつけられた。

部屋着のタンクトップを捲り上げられて、ドレスを頭から被《かぶ》せられそうになる。

ドレスを着ることを嫌だと思ったことは、これまで一度もなかった。ついさっきも、自らドレスを着たほうがいいかと考えていたくらいだ。

それなのに、眞澄が『代わりにならない』と言った時の硬い声を思い出すと、理由のわからない抵抗を感じる。

眞澄が喜んでくれるならともかく、あんなふうに眉を寄せて目を逸らされてしまうのなら、ドレスを身につけることにどれだけの意味があるのだろう。

「……っ、なにしてんだおまえ！」

鋭い声が響いた直後、ふっとジャンの腕から力が抜けた。唐突に解放された侑里は、身動きすることもできずにソファに転がったまま荒く息をつく。

ジャンが顔を上げたと同時に、侑里の視界に白衣を着た眞澄の姿が映った。

「大丈夫か、侑里っ。コイツはなんなんだ！」

手を引いてソファから起こされた侑里は、医院にいるはずの眞澄が突然現れた理由を問うた。

「眞澄……なんで」

瞬《まばた》きをすると、目に溜《た》まっていたらしい涙が一粒零《こぼ》れ落ちた。泣くつもりなどなかったが、強く押さえつけられたせいで勝手に滲んでしまったようだ。

親指でその雫《しずく》を拭った眞澄の目が、ますます鋭いものになる。

「脇に、妙な車が停まってるって知らされたんだよ。だから、鍵をかけろと言っただろうが！」

『聞き分けのないことを言うのは、こいつのせいか』

「なに言っててっか知らないが、うるせぇ。テメーは黙ってろ、不法侵入者！　侑里になにしやがった！」

ドイツ語と日本語で怒鳴《どな》りあった二人が、互いの襟首を摑み上げた。どちらも大きいので、本格的な取っ組み合いになってしまうときっと侑里では止められない。

迷いは一瞬で、睨み合う二人のあいだに割って入った。

「待って、待ってください。眞澄、僕が……悪いんです。ジャンに黙ってホテルを出たから。

ジャン、暴力はダメですっ。手を傷めたくないでしょう？」

日本語とドイツ語をごちゃ混ぜにして、必死で二人に言い聞かせた。摑んだ二人の腕から、ふっと筋肉の強張りが解けるのを感じる。

「どういうことだ」

ピリピリしていた空気が緩むと同時に張り詰めていた緊張の糸が切れてしまい、ぺたりと床に座り込んだ。

侑里の前に、ジャンと眞澄も屈み込む。うつむいて唇を嚙《か》んでいると、眞澄の手が顎《あご》の下に差し込まれて顔を上げさせられた。

「どういうことか、俺にわかるように説明しろ」

目を合わせた眞澄は、これまで見た中で一番怖い顔をしていた。


微妙な距離を保ち、三人で床に座る。ジャンは靴を履いたままだったけれど、眞澄はジロッと睨んだだけでなにも言わなかった。

難しい顔をした眞澄は、携帯電話を取り出して「臨時休診だ。院長は急病だってことで、出直すよう謝っておいてくれ」と告げた。

まさか診察中ではなかったと思うが、どれくらいの患者さんが待合室にいたのかはわからない。大丈夫なのだろうか。

自分は、どれだけの人に迷惑をかけているのだろうと落ち込む間もなく、眞澄が口を開いた。

「説明してもらおうか。コイツが……里依菜のダンナだな。行方不明だったんじゃないのか？」

最初に自分が口にした嘘を引っ張り出されて、侑里は身体を小さくした。

ジャンが行方不明になって、独りぼっちになってしまったと言ったから、眞澄はこの家に侑里を招き入れてくれたのだ。

「……嘘をつきました。ごめんなさい。ジャンは画家で、展覧会のために日本へ来ることになって……僕も同行したんです。日本にいると思えばどうしても眞澄に逢いたくなって、泊まっていたホテルをこっそり抜け出しました」

「画家……ねぇ」

つぶやいた眞澄は、胡散《うさん》臭いものを見る目でジャンを睨みつける。

言葉はわからなくても、雰囲気である程度察することができるのだろう。ジャンも不機嫌な表情で眞澄を睨み返している。

「本当です。電車の中で、眞澄が僕に似ていると指差したポスター……あの絵は、本当に僕だったんです」

あんなところに掲示されていると思わなかったから、ものすごく驚いた。眞澄をうまく誤魔化せたかどうか、実はあまり憶えていない。

「あの絵、か」

つぶやいた眞澄は、ソファの背にかけられているドレスにチラッと目をやる。

絵の中の侑里も、深紅のドレス姿だったことを思い起こしているに違いない。

「もともとは、お母さんがずっとジャンの絵のモデルをしていたんです。でも、モデルがいなくなると描けないから……って、お母さんがいなくなってからは僕が代わりをしていました」

リボンやレースがたっぷりのドレスを着せられて、イスに座ったり窓際に立ったり……。手足を動かすこともなく、呼吸さえひっそりとしていたら、自分が人形になったような錯覚に襲われた。

それには侑里の意思など関係なかったので、本当に人形のようなものだ。

「代わり……か」

ポツリとつぶやいた眞澄は、険しい表情で自分の膝あたりを睨みつけている。

不機嫌なのは伝わってきたけれど、その理由がわからない。なにも言えなくて、こちらを見てくれない眞澄の横顔を縋《すが》る思いで見詰めた。

『もう気は済んだだろう。行くぞ』

「あ……」

会話が途切れたことで話が終わったと思ったのか、ジャンに強い力で腕を摑まれて、立ち上がるよう促される。

思わず眞澄に目を向けたけれど、それでも眞澄は顔を上げようとしなかった。

『パーティーにだけ出たら、後は好きにすればいい』

抵抗の仕草を見せた侑里に焦《じ》れたのか、ジャンはそう言いながらチラリと眞澄を見下ろす。

眞澄は、彫像になってしまったように動かなかった。

『本当に？　眞澄のところに戻っていい？』

『……ああ』

その一言で、侑里の身体から力が抜けた。

腕を摑んでいるジャンにもそれが伝わったのか、少しだけ表情を緩ませてソファの背にかけていた水色のドレスを手に取る。ふわふわとしたドレスを頭から被せられても、侑里はもう抗《あらが》おうとしなかった。

背中のファスナーを引き上げられ、襟元や肩の部分のフリルをジャンの手で整えられて胸の少し下で大きなリボンを結ばれる。『行くぞ』と背中に手を当てられた侑里は、床に座り込んだままの眞澄を振り返った。

顔を上げないままだったけれど、ようやく話しかけてくれた。硬い声での短い一言でも、侑里は嬉しかった。

「……はい。パーティーに同伴するだけです。それだけで……」

パーティーが終われば、ここに戻ってきていいかと続けることはできなかった。眞澄が全身に纏う空気が、そんなふうに尋ねることを許してくれない。

『グズグズするな。スポンサーが、絵の少女に逢うことを楽しみにしているんだ。ホテルに戻ったら、やらなければならないことがたくさんあるな。まずは髪を整えて、ドレスを合わせて……』

動かない侑里に焦れたのか、強く腕を引っ張られて玄関へ誘導される。小さな声で、

「……眞澄」

と呼びかけたけれど、眞澄はかすかに肩を揺らしただけで侑里を見ようとはしなかった。

脛《すね》のところまであるひらひらとしたドレスの裾が、足に纏わりついて歩きづらい。この二週間ほどで、ショートパンツやハーフパンツといった服にすっかり慣れていたのだと思い知らされた。

廊下に出る寸前にもう一度眞澄の名前を呼びかけた。それでもやっぱり、顔を上げてくれなかった。

強く引かれる腕が痛い。裸足《はだし》のまま玄関の外に出されて、レンガの階段を踏む足の裏が熱かった。

振り向こうともしないジャンは、侑里がどんな状態でいるのか気にならないのだろう。ついてきていることだけが、重要なのだ。

医院の脇に、黒い大きな車が停まっている。その車の後部座席のドアを開けたジャンは、侑里を押し込むようにして乗り込んだ。

『待たせたな。ホテルに戻ってくれ』

『……はい』

バックミラー越しにチラリと侑里を見たのは、初日に空港まで出迎えに来たのと同じ男だ。今回の絵画展を企画した企業が用意した、通訳兼運転手……。侑里がここにいたことを、そして迎えに来る理由を、ジャンはどう説明しているのだろう。

尋ねるのも面倒で、ジャンから顔を背けるように窓の外へと視線を移した。

部屋を出るまで侑里を見てくれなかった、眞澄のことばかりが頭に浮かんだ。

□　□　□

「君がユーリちゃんか。絵の中から抜け出してきたみたいだ。お人形みたいに綺麗だねぇ。不思議な魅力がある」

「…………」

ピアノの生演奏を掻き消す音量で、ざわざわと大勢の人が口々にしゃべっている。ノンアルコールカクテルのグラスを手に持った侑里は、話しかけてくる中年男性を無言で見詰め返した。

会話が面倒なので、日本語がわからないふりをしているのだ。そうすると、相手も早々に立ち去ってくれるので都合がいい。

「本当に……人形みたいだ。……うん」

無表情でジッと見られることに居心地が悪くなったのか、腹の出た中年男性はもごもごとなにやら言いながら侑里に背中を向けた。

ようやく解放してくれたことに、ホッとする。

何度こうして同じことを繰り返しているだろう。ジャンは、最初の挨拶の時に侑里のことを『娘のユーリだ』と紹介したので、会場にいる百人近くの人たちは侑里を少女だと信じているはずだ。

首を覆う幾重《いくえ》ものレースのせいで、息苦しい。早く脱ぎたい。髪を整えた後に施された薄化粧も、気持ち悪い。

ため息をついて、逆さまにしたチューリップのような形のスカートを見下ろした。白と淡いピンク色の柔らかな布やレースを、たっぷりと重ねたものだ。身体に少女のような丸みがないのを、ふわふわしたデザインで誤魔化しているのだろう。

伸縮性のないベルベット生地のドレスよりは楽な着心地だが、すっかり少年らしい服装に慣れてしまった侑里にはやっぱり落ち着かない。踵《かかと》の高い靴も不安定で歩きづらい。

これまで、普通にドレスを着ていた自分が逆に不思議だった。

「あの子が……。十六、七だろう。そのわりに、妙な色気があるなぁ」

「どう見ても東洋系の血が混じってるしな。全然似ていないんだから、娘とか言ってもセンセイの実子じゃないだろう」

「突出した才能があるからセンセイとか呼ばれてるけど、一言で言えばただのロリコンオヤジか」

笑いながらの会話が、自分やジャンのことを指してのものだとはわかる。横目で見ると、そこにいるのは真澄より少し年下であろうスーツ姿の二人組だ。

侑里が日本語をヒアリングできないと思っているのか、声を潜めようともしない。

会話の内容がすべて理解できているわけではないが、下卑た言い方で語られているのがいい意味ではないということは伝わってくる。

もともと、人が多い場所は好きではないけど……こういうパーティーは、見世物になったような気分がして特に苦手だ。

『ユーリ』

ジャンに名前を呼ばれて、振り返る。七十を過ぎていると思われる年齢の男性が、ジャンの隣に立っていた。

『今回の展覧会を主催してくれた、マツカワコーポレーションのCEOだ。芸術支援に積極的な方で、日本だけでなくスイスの若手画家にも彼の支援を受けている人がいる』

「いやぁ、お人形さんのようだ。ユーリちゃんはいくつだ。私の孫息子と、同じくらいの年齢かね。後で紹介しよう」

深い皺の刻まれた顔には、温厚そうな笑みが浮かべられている。黙っているわけにもいかないかと思い、侑里は少しだけ頬を緩ませて口を開いた。

『……はじめまして』

たった一言だ。あまりにも無愛想な態度だと、自分でも思う。ジャンに睨まれたけれど、ここにいるだけで義務は果たしているはずだ。

マツカワと紹介された老人は不快な表情を見せなかったけれど、ジャンは慌てたようにフォローした。

『申し訳ない。ユーリは田舎町で育ったもので……大勢の人がいる場所が苦手なんです。失礼ながら、疲れているようでして……』

斜め後ろに立っている男によって通訳された言葉を聞いた老人は、温厚そうな表情のまま首を横に振った。

「いやいや、気にしなくていい。慣れないところだと、疲れるのも当然だ。ああ、あそこにいた。孫にエスコートさせよう」

そんな面倒なこと、冗談じゃない。

侑里が辞退する間もなく、老紳士は孫だという少年を呼び寄せてしまった。大股で近づいてきた長身の少年は、足を止めて侑里に笑いかけてくる。育ちのよさそうな少年は優しげな雰囲気だが、侑里は無表情のまま視線を逸らした。

「おじいさま、御用ですか？」

「絵のモデルをしているから、わかるだろうが……ユーリさんだ。失礼のないよう、エスコートして差し上げなさい」

「……わかりました。日本語……は、通じませんよね」

「ドイツ語だ。日本語よりは、英語のほうが通じるんじゃないか。おまえにとっても勉強になるな」

勝手に決めるな、と割り込みたいのをグッと我慢する。せっかく、日本語がわからないふりをしてきたのだ。これまでの努力を台なしにするわけにはいかない。

『セイヤ・マツカワです。少し……お話ししませんか？』

英語で名乗りながら、笑いかけてくる。育ちがよさそうと感じた、第一印象そのままの立ち居振る舞いだ。

ジャンやマツカワ氏の視線を感じる。この状況でセイヤと名乗った少年を突っぱねられるわけがなく、侑里は仕方なくうなずいた。

憂鬱な時間はまだ終わりそうにない。


半分開けられていたドアが、音もなく全開にされた。タキシード姿のジャンが姿を現し、室内にいる侑里とセイヤに鋭い視線を送ってくる。

『ここで……なにを？』

『あ、失礼しました。ユーリさんが、具合が悪そうでしたので……。私はこれで失礼します。ユーリさん、機会があれば、またぜひお話ししてください』

セイヤはジャンに英語で答えて、侑里に笑いかけると控え室を出て行く。体調が悪いふりをして、パーティー会場を抜け出そうとしたら、控え室まで送ってくれたのだ。

本人は至って紳士的だったし、気を使ってくれたのだと思うが……こっそり着替えて眞澄の家に戻ろうと考えていた侑里にとっては、迷惑だった。

……でも、最後に「ありがとう」くらいは言うべきだったかもしれない。無愛想な侑里に、根気強く話しかけてくれた優しい人だった。

『もう……いいよね。眞澄の家に帰る』

イスに腰かけたまま、鏡越しにジャンと目を合わせた。頬を紅潮させているジャンは、かなりのアルコールを飲んでいるのだろう。

襟元のブラックタイを抜き取りながら、さっきまでセイヤが座っていたイスにどっかりと腰を下ろす。

『なんのことだ』

『……約束。パーティーが終われば、眞澄のところに戻っていいって言った』

だから、三時間近くも我慢したのだ。

早く帰りたい。眞澄の顔を見たい。

『おまえが戻るのは、リヒテンシュタインだ。三日後の飛行機を予約している』

当然のようにそんな言葉が返ってきて、侑里は目を瞠った。憤りのまま、腰かけていたイスから立ち上がる。

『そんなっ、約束した！　僕は、このまま日本に残ります』

『ふん。私は、おまえを手放さないからな。どんなことをしてでも……。おまえも、家族より私といることを選んだはずだ。そうだろう、リーナ？』

言葉が終わらないうちにドレスのスカートを摑まれて、強く引き寄せられる。バランスを崩した侑里は、抗いようもなくジャンの腕の中に捕らえられた。

ジャンと、こんなにも密着したのは初めてかもしれない。これまで、同じ家の中にいても、ほとんど会話もなかったのだ。

感じたことのない焦燥感が湧いてきて、侑里は身体を捩《よじ》った。

『やだ！　放してよっっ。僕は、リーナじゃない。眞澄と一緒にいたい……っ』

腕を突っ張ろうとしても、侑里とは比べ物にならないほど体格のいいジャンはビクともしない。腰に巻きついている腕が、ますます強く侑里を抱き寄せた。

どうして、突然こんな行動に出るのだろう。今まで、『リーナの代わり』としか見ようとしなかったくせに。

外見をどんなに似せても、『リーナ』と『ユーリ』は異なる存在だとわかっていたから、触れようとしないのだと思っていたのに。

突如執着を露《あらわ》にしたジャンに、侑里は混乱した。

『私の傍にいろ。おまえがいないと、描けない……』

『嫌だっっ！』

頭を鷲摑《わしづか》みにして唇を寄せられ、咄嗟に顔を背ける。どうしてかはわからないが、なにをしようとしたのかはわかった。

軽くかすめた程度にだが、眞澄の唇に触れたところだ。眞澄以外は嫌だ。

全身で暴れると、足がテーブルを蹴《け》ってその上に載っていた水の入ったピッチャーが床に落ちた。

ガラスの割れる音が響き、少しだけジャンの腕から力が抜ける。その隙を逃さず、侑里はドアに駆け寄ろうとした。

『逃がさないぞ』

グッと動きを制されて、驚いて振り向いた。ジャンの手が、腰の後ろで結ばれたリボンを摑んでいる。

またしてもたっぷりとしたドレスが仇《あだ》となり、引き戻されてしまう。薄い布の破れる音が聞こえてきたけれど、構っていられない。

『……今までいい子だったじゃないか。どうして、急にそんなことを言い出したんだ』

髪を摑んで見据えてくる青緑色の瞳に、ゾッと背筋が粟立《あわだ》った。

怖い。初めて、人が怖いと感じる……。

一瞬怯《ひる》んだのがわかったのか、両腕で抱き寄せられて身体を強張らせた。

『い……ヤダ！』

侑里は叫んだつもりなのに、声が喉のどこかに引っかかっているみたいだ。息が漏れるだけで、声になっていない。

このまま逃れられず、誰も助けてくれなかったらどうなる……？

この腕が眞澄のものなら、こんなに嫌悪はないのに。眞澄にしか触られたくない。

眞澄だったら……と。それればかり頭に浮かぶ。

唐突に忙《せわ》しないノックの音が響き、ジャンの身体がビクッと震えた。

「失礼します。……よっしゃ、アタリ！」

ここにいるはずのない人が室内に入ってきて、侑里はポカンと目を見開いた。自分に都合のいい幻を見ているのかと、我が目を疑う。

だって、ピシッとしたスーツを着た眞澄が、侑里に向かって手を差し伸べてくれるなんて……現実とは思えない。

予想外のことに硬直しているのはジャンも同じらしく、侑里を抱え込んでいた腕はあっさりと離された。

抱き寄せられた眞澄の腕の中は少しだけ消毒薬の匂いがして、ようやくもしかして現実なのではと感じる。

「……眞澄？」

「ああ」

「ど……やって。どうしてっ？」

このホテルにいると、眞澄に話した記憶はない。たとえホテルがわかったとしても、侑里のいるパーティーホールの控え室まで辿り着くことのできる確率はどれくらいだろう。発信機でもないと、無理なのでは。

眞澄が現れたことに対する喜びよりも、驚愕《きょうがく》のほうが勝っている。

視線を泳がせて悩む侑里に、眞澄は小さく笑って種明かししてくれた。

「……ケートだよ。あいつ、急病で倒れた友達の代わりに、ここのホールでピアノ弾きのバイトをしてたんだと。すげー偶然。女の子の格好をしてるけど、絶対に侑里だ。どうなってんだって、えらい剣幕で電話がかかってきたって広重から教えられて……」

「ケートくん、いた……？」

確かに、ピアノの生演奏は聴いた覚えがある。でも、ピアノを弾いていた人間まで目に入っていなかった。

たまたま、啓杜が代理でピアノを弾くことになったのがこのパーティーだったのだという なら、本当にすごい偶然だ。

「あとはまぁ、ホールの控え室を一つずつ覗いていくしかないかと思って……部屋を間違えたふりをして、踏み込んだ。ここで三つ目だ」

我ながら大胆な行動だと、笑う眞澄を見上げていた侑里は、膝から力が抜けるのを感じた。しゃがみ込みそうになってしまい、眞澄の腕に抱きかかえられる。

つく。

「迎えに、来てくれたんですか？」

「……ああ。おまえ、その格好……すげぇな」

見上げた侑里と目の合った眞澄は、クックッと肩を震わせる。

その笑みを見ていたら、やっと揺るぎない現実なのだと思えた。両手で強く眞澄にしがみつく。

完全に気を抜きかけたけれど。

『……渡さないからな』

背後から聞こえてきた低い声に、ジャンの存在を思い出した。振り向くと、床に落ちている割れたガラスピッチャーを手に取る姿が目に飛び込んでくる。

青緑色の瞳は、侑里だけを強く睨みつけている……。

『私のものだ。私の……』

ギザギザに尖ったピッチャーの矛先《ほこさき》が、自分だとわかっていたから動かなかった。変に動いたら、眞澄が怪我をしてしまうかもしれない。

ギュッと目を閉じた直後、ガラスの砕ける音が耳に入る。どこも痛くなくて、不思議に思いながら恐る恐る瞼《まぶた》を開いた。

目に映ったのは、床に落ちて、もう持つことのできない大きさに砕けたピッチャーの欠片《かけら》と、呆然とした顔で座り込んでいるジャン。

ぎこちなく視線を動かすと、侑里の背中を抱き寄せている眞澄の左手が真っ赤に染まっていた。

「眞澄……っ、手っっ、血……が、なんで……」

日本語を忘れてしまったようになり、言葉にならない。眞澄が血を流すことが怖くて、全身が小刻みに震える。

どうしよう。どうしよう……。眞澄に怪我をさせた。自分のせいで。血が……たくさん。

「眞澄っ、眞澄……血が止まらない。死んじゃう」

「大丈夫だって。これくらいじゃ死なねぇよ。泣くな」

侑里があまりにも動揺するせいか、血が視界に入らないよう頭を片手で胸元に抱き寄せられる。

そうして視界を塞がれても、鮮やかな赤は目に焼きついている。まったく慌てることのない眞澄をよそに、震えが止まらない。

「酔ってんのかラリってんのか知らねぇが、話し合おうか。……俺はこいつの身内だ。おまえさんは他人。さて、裁判に訴えたらどちらが勝つかな」

ジャンは、日本語は……わからない。

そう言おうとしても、声が出ない。言葉が通じていないことに気づいたのか、眞澄はわずかに緊張を解いた声でつぶやいた。

「っと、通じないのか。ライティングならいけるが、筆談ってのもまどろっこしいな。侑里、通訳。……だぁいじょーぶだっての」

やんわりとした調子で言いながら、宥《なだ》める仕草で頭を撫でられて、少しだけ身体の震えが落ち着いた。

途切れ途切れになってしまったけれど、なんとか眞澄の言葉をジャンに伝える。どんな顔をしているのかは、確かめることができなかった。

眞澄を傷つけたジャンを、絶対に許せない。顔を見たら、同じことをやり返してしまいそうだ。

『……これまで、僕にご飯を食べさせてくれたのは感謝しています。でも、眞澄は誰より大切なんです。眞澄を傷つけたジャンを許さない』

一度もジャンを見ることなく、強く眞澄に抱きつきながら伝えた。

早く、怪我の手当てをしてほしい。考えたくないが、万が一この傷のせいで眞澄の手が動かなくなったりしたら、と思うだけで視界が白く霞《かす》む。

『……私に逆らうのか。やはり、おまえはリーナではない。私にはリーナだけだ。リーナでなければ……』

床に座り込んだまま、動く気配もなくぶつぶつと口にするジャンは、自分が眞澄を傷つけたとわかっていないのではないだろうか。

腹立たしいけれど、今はジャンを責めている場合ではない。

「眞澄、お願いですから手当てしましょう。ホテルにお医者さんがいないか、探してもらって……」

眞澄の左腕を両手で摑んで、顔を見上げる。幸い血は止まったらしく、滴《したた》り落ちるほどではない。でも、このままにしてはおけない。

必死で訴える侑里に、眞澄は苦笑を浮かべて右手で髪を撫で回してきた。

「医者なら、おまえの目の前だ。家に帰ったら、どうにでもなる。ここを出るとして……問題は、おまえのその格好だな」

その格好と言われた侑里は、確かにすごいことになっている。

薄いスカートはところどころ破れているし、袖に繋がる肩のところはほつれている。極めつけは、眞澄の血がべったりと……。

「……ドレスの着替えならあります」

うっかり汚した時のことを考えて、予備が用意されている。

着替えもドレスだと口にした侑里に、眞澄は苦笑を深くした。

「このままよりは、マシか。どうせ車だ。着替えろ。……帰るぞ。そこの男との話は、後日改めてだ。素面《しらふ》じゃねーと、話にならん」

「はい」

迷っている場合ではない。早く自宅に戻り、眞澄の手当てをしなければならない。

一度もジャンに目を向けることなく手早く着替えて、ドレスの端を破りとって左手を人目につかないよう隠した眞澄と控え室を出た。

眞澄に肩を抱かれて出て行く侑里を、呼び止める声はなかった。基本的に、ジャンは気の小さい人間なのだ。他人に怪我をさせて流れる血を見たせいで、怯んでしまったのもあるだろう。

母親がいなくなった後、初めてドレスを着せられた日のことを思い出す。着て見せてくれと懇願されて、母親の遺したドレスを身に纏った。

今考えれば、拒絶しなかった自分も啓杜あたりには「変」と言われてしまいそうだが、ドレスを着ることに抵抗はなかった。着てくれと言われたから、袖を通しただけだ。

ジャンは食い入るように侑里を見詰めて、『おかえりリーナ』と微笑したのだ。絵を描くとき以外、ドレスを着ていない侑里のことは見向きもしなかった。

ドレスを着て、『リーナ』になった侑里でなければ、ジャンにとって存在価値がなかったのだろう。

初めて逆らった侑里を、やはり『リーナ』ではないのだと認識して……母親の死後、閉じこもっていた長い夢から醒《さ》めたのかもしれない。

どちらにしても、そう遠くないうちに侑里は『リーナ』でいられなくなっていたと思う。

ジャンが用意したドレスは、少しだけ窮屈だった。きっと、日本に来て二週間と少しで身体が大きくなったのだ。

もう少し背が伸びてしまったら、ジャンが描いた少女ではいられない。ドレスも着られなくなって、どこからどう見ても男になるはずだ。

こうして侑里から離れようとしなくても、決別の日はいずれやってきていた。寂寥感《せきりょうかん》がまったくないと言えば嘘になるが、今の侑里にとっては眞澄が傷つけられたことへの憤りが勝っている。

「眞澄……眞澄、痛い？　平気じゃないでしょう」

ホテルの地下にある駐車場へ向かいながら、不安でたまらなくて何度も眞澄を見上げる侑里に、眞澄は同じだけ「大丈夫だ」と言って笑ってくれた。

《七》

「コーヒー……いや、夜だからホットミルクのほうがいいか。なにを飲む？」

「…………」

尋ねると、ソファに腰かけている侑里は無言で首を横に振った。眞澄が着ているシャツの袖口を、遠慮がちに指先で摘《つま》んでいる。手を離せばどこかへ行ってしまうのではと、不安がる子供みたいだ。

一階の医院で傷の治療をしているあいだも、侑里はずっと傍から離れなかった。侑里のほうが怪我人のような真っ青な顔で、それでも眞澄の手を見詰め続けていた。

「ごめんなさい。僕のせい……で。痛い？　痛いですよね」

二階の自宅に戻ってからも、侑里は何度も「ごめんなさい」と繰り返して、ヒクヒクと細い肩を震わせる。

割れたガラスの断面が引っかかった傷の幅は十センチ近くになるが、咄嗟に男の手を叩き落としたので深くはない。幅があるので数ヶ所縫ったが、高機能絆創膏を貼りつけるだけでもよかったくらいだ。

それよりも、避ける素振りを見せなかった侑里の背中にまともに刺さっていたら……と考えるだけでゾッとする。

どうして逃げなかったのだと、後で説教をしてやろう。

「ほら、指もちゃんと動くだろう？　それに、利き手じゃないからな。日常生活に支障はない」

仕上げに化膿を防ぐための軟膏を塗り、包帯を巻きつけた左手を握ったり開いたりと繰り返す。

もちろん、左手を出したのは計算しての行動だ。凶器に向かって利き手を出すほど、バカではない。

手の甲の筋が動くたびにビリビリとした痛みは走るけれど、侑里を泣き止《や》ませたくて笑って見せた。

「な？　触ってみろ」

侑里の手を摑んで誘導すると、指先が包帯に触れた直後ビクッと手を引いた。

「……痛い？」

そう尋ねる侑里は、眞澄自身よりもよっぽど痛そうな顔をしている。再び大きな瞳に涙が滲み、眞澄は嘆息して髪を撫でた。

「痛くないって。そんなに泣いたら、ウサギみたいに真っ赤な目になるぞ」

「だって……」

普段の侑里は喜怒哀楽があまり激しくなく、落ち着いた空気を纏って淡々としているように見える。それなのに、こんなにも感情を露にするのは、血を流したのが自分だからだとわからないほど鈍くはない。

どうやって泣き止ませてやろうか。

少し考えた眞澄は、肩を震わせている侑里の頭を上げさせて、予告なく唇を触れ合わせた。

「ぇ……？」

きょとんと、充血した目を見開いた顔が可愛い。のろのろと右手を上げた侑里は、自分の指先を唇に触れさせてぽつりとつぶやいた。

「キス……した」

血の気《け》がなく青白かった頬が、ほんのりと紅潮している。

それはあまりにも可愛い反応で、背中を屈めた眞澄は再び侑里の唇を塞いだ。涙を止めるためだという言い訳は、もうできない。

「っ……ゃ」

侑里が身体を後ろに逃そうとしていることに気づき、慌てて唇を解放する。つい調子に乗って、舌を入れそうになっていた。危なかった。

「ど……して、ですか？　迎えに来てくれるし……。でも眞澄は、ジャンに連れられて出て行く僕を、見ようともしなかった」

侑里は、震える手の甲を唇に押し当てて眞澄と目を合わせることなく口にする。そんな恨み言を言いたくなるのも、当然だろう。

けれど、恨み言ならこちらも言わせてもらいたい。

ジャンという男との関係を聞かされた眞澄がどれだけ衝撃を受けたか、侑里自身は想像もしていないに違いない。

ドレスを着て、里依菜の代わりをしていた？

それだけで、ありとあらゆる可能性を瞬時に思い浮かべた自分の妄想力は凄まじかった。もう、相原を笑えない。

しかも、嫌がっていたはずの侑里は、あの男の手でドレスを着せられるのに抵抗しなかったのだ。大人しく身を任せていた姿が目に焼きついている。最後は強制されてではなく、自分の足であの男について行った。

取り残された眞澄が、ショックで金縛り状態になっても仕方がないだろう。

電話が鳴っても応答する気力もなかったのだ。啓杜から連絡があったという相原が、電話の通じない眞澄に業を煮やして直接訪ねてくるまで、座り込んだまま動けなかったと言えば侑里はどんな顔をするだろうか。

「あー……悪かった。侑里が、あの男と行くことを自分で選んだと思って……ショックだったんだ」

「それは、ジャンが、パーティーが終わったら眞澄のところに戻っていいって言ったからです！　嫌だった。どんなに豪華なパーティーでも、全然楽しくありませんでした」

「ああ……。ケートから、泣きそうな顔をしていたと聞いた」

それでも迷い、自分がどうするべきか結論を出せずにいたら、相原に力いっぱい背中を殴られたのだ。しかも、襟首を掴まれたかと思うと、至近距離で睨まれた。

曰く、

「グダグダと社会常識や良識に囚《とら》われて、くだらないことで悩むのはバカだ。理性でがんじがらめになって感情で動かなかったことを、後で死ぬほど後悔したらいい」

と……。

あの見るからに温厚そうな優しげな顔で、嘲《あざけ》るような薄ら笑いを浮かべて吐き捨てた。あれは恐ろしかった。

そうやって、幼馴染みに背中を押されなければ動けなかった、という事実が恥ずかしくて自己嫌悪でいっぱいになる。

「よく言えば常識人ってことだが、俺はビビリなんだよ。怖くて、世間で言う『普通』から外れられないんだ」

大きく息をついて、情けないことを告白する。侑里は笑うでもなく、不思議そうに目をしばたたかせた。

「びびり……？」

どうやら、単語の意味がわからなかったらしい。

侑里に対しては、取り繕《つくろ》うこともできないし茶化すこともできない。眞澄はあきらめの境地に達して、侑里にもわかる言葉を選んで口にした。

「広重が言うには、バカ正直な小心者ってことだ。血は繋がっていなくてもおまえは俺の甥っ子で、唯一の身内として保護者になろうと思っていた」

そう言った途端、侑里は表情を曇らせた。

うつむき加減になり、視線を落としたまま言いづらそうに反論してくる。

「……僕が欲しいのは、保護者じゃありません」

「わかってるよ。保護者は、キスなんかしないからな。……認める。おまえがあの男に妙な扱いを受けているかもしれないと考えただけで、頭の中で何度もあいつを殴り倒した。他のヤツに触らせるなんざ、冗談じゃない」

侑里が、ドレスを着せられて里依菜の代わりをしていたと意味深な言い方をするものだから、とんでもなく下世話なことを考えてしまったのだ。

懸念は未だに晴れていないが、もし侑里自身の口で肯定されてしまったらあの男を殴るために今すぐホテルへ戻りたくなるかもしれない。

そんな自分が怖くて、決定的な質問ができない。

「ど……いうことですか？　ハッキリ言ってもらわなければ、わかりません」

「だよな。……おまえが好きだよ。保護者としてなんかじゃない。おまえの言う、キスとかしたい意味で、な」

直接的な言葉を選び、真正面から好きだと告げる。こんなにも恥ずかしい告白は、これまで生きてきた三十三年、誰にもしたことがない。

しばらく間があったけれど、シンプルな言葉はきちんと侑里に届いたらしい。

「……本当に？　どうしよ、嬉しい……」

静かにそれだけ口にして、泣きそうな顔で微笑んだ。

思わず両腕を伸ばし、侑里を抱き寄せる。

こうして、ドレスを着た十六歳も年下の少年を抱き寄せる自分は、もう常識人とは言えないだろう。

「なぁ……嫌なら答えなくていいから、一つ聞いてもいいか？」

「はい……？」

「里依菜の代わりって、どこまでなにをさせられた」

返答によっては、あの男を無傷で日本から出す気はない。

侑里を責める態度を取ることだけはしないよう、自分に言い聞かせながら返ってくる言葉を待つ。

「どこまでなにを？　絵を……描かれていました。僕はご飯も作れないので、それだけです」

思わず侑里の肩を摑んで、抱き寄せていた胸元から引き離す。目を見て、本当のことを言っていると確かめたい。

「……触られたりとかは？」

更に踏み込んだ言葉で尋ねると、息を詰めて侑里の顔を凝視した。

侑里は、なにを聞かれたのかわからない、という顔で眞澄と目を合わせてくる。

「いいえ。ジャンにとって、僕はお母さんを透写するスクリーンのような存在でした。人形というか……マネキンのようなものです。リヒテンシュタインにいるあいだ、指一本触られたことはありませんし僕自身に執着されていると感じたこともありません。だから、……さっきは驚いた」

やはり嘘を言っている雰囲気ではない。

ようやく心の底から安堵することができて、深く息を吐き出した。

「そうか……。いや、うん……それならよかった」

一人でうなずきながらつぶやく眞澄を、侑里は不思議そうに見ている。こんなに可憐《かれん》な侑里を、下世話な想像に使ったなんて……自分はなんて愚かなのだろう。

安堵と入れ替わりに、とてつもない自己嫌悪が込み上げてくる。

「すまん。俺は汚れきった大人だ」

侑里に触れていることができなくて、肩に置いてあった手を引いた。

本当にバカだ。ベッドに潜り込んできた時の侑里を思い出せば、そんなふうに扱われているわけがないとわかるだろうに。

「眞澄……僕も、一つ質問していいですか？」

今度は、侑里が遠慮がちに尋ねてくる。

「ああ。なんでも聞け」

躊躇うことなくうなずくと、侑里は眞澄の腕に手をかけて一生懸命な表情で質問を投げてきた。

「僕は、お母さんの代わりにならないと言われました。お母さんのことが好きでしたか？本当のことを教えてください」

どうやら、ずっと気にしていたらしい。

確かに、代わりになるわけがないとは言ったけれど、侑里はその言葉に込めた意味がわかっていないに違いない。

「里依菜か。年上の綺麗なお姉さんってことで、憧れてたこともある。好きか嫌いかと二択を迫られたら好きと答えるが、恋愛感情じゃあない。だから、おまえを代わりにする理由もない」

ゆっくりと言い聞かせる。

眞澄の言葉を反芻《はんすう》しているのか、しばらくなにかを考える表情で黙りこくっていた侑里は、おずおずと質問を重ねてきた。

「僕なんかに、代役は務まらないって意味じゃなくて？」

「そんなふうに思っていたのか。そうじゃない。あの場面でおまえに手を出したら、やっぱり代わりなんだって思うだろ？　おまえは気持ちよさそうに寝ていたが、無防備に背中にくっつかれた俺がどれだけ自制したかわかってないな。一晩苦行に耐えた気分だ。めちゃくちゃレベルアップしたぞ」

侑里に格好をつけて、変に誤解させてしまっては本末転倒だ。とんでもなく情けない自分をさらけ出す。

顔を上げた侑里は、じわっと幸せそうな笑みを浮かべた。そんなに可愛い顔をされては、困る。

「僕は、ここに……眞澄の傍にいてもいいのでしょうか」

「……ここにいろ。きちんと手続きをして、ここにいるのが当然なようにしてやる」

やはりもう一度、あの男が日本にいるあいだに逢わなければ。里依菜のことも詳しく聞かなければならないし、養育権やリヒテンシュタインの法律ではどうなっているのか侑里の現状もきちんと把握したい。

考えなければならないことは無数にある。

でも、とりあえず今一番差し迫っているのは……可愛いからといって、侑里にキスしても許されるのか否かということだ。

「キスしても、もう怒らない……？」

視線を絡ませたまま頭を悩ませていると、ぽつりと口にした侑里が眞澄の首に腕を巻きつかせてきた。

ここで侑里にリードされるのは、いくらなんでも眞澄のプライドが許さない。

「……怒ったことはねーよ」

どちらかといえば、怒りではなく戸惑いと躊躇いだった。

無防備に煽った報いに、今度は侑里が予想外のことに困惑すればいい。そう思いながら、侑里の背中を抱き寄せる。

「ぁ……ッ」

唇を触れ合わせると、少しだけ侑里の身体が強張った。その緊張が解けてきた頃を見計らって、唇の隙間から舌を潜り込ませる。

「っ、な……に、ぁ……んんっ」

驚いたのか、逃げかけるのを許さずに抱き寄せる手に力を込める。探り出した柔らかな舌に、自分の舌を絡みつかせた。

眞澄の肩に置かれた侑里の手に、グッと力が入る。慣れない仕草がたまらなく可愛い。

「ぅ……、ン、ン……ッ、苦し……っ」

肩を叩かれて唇を離すと、グッタリと体重を預けてきた。腕の中にある身体が、熱い。

場の雰囲気で押し切ることはしたくなくて、拳《こぶし》を握って天井を睨みつける。あまりにもいろんなことがあったせいで、今は正常な判断ができそうにない。

こっそりと深呼吸を繰り返し、なんとか気を逸らした。

「着替え……の前に、風呂に入って顔を洗わなきゃな」

侑里の頬に触れる。滑らかな頬は化粧の必要などなかったと思うのだが、粉っぽい感触がある。

キスの余韻がなかなか抜けないのか、侑里はぼんやりとした顔のまま眞澄の言葉に小さくうなずいた。

十七歳だった啓杜に手を出した相原を責めたが、自分も同罪だ。ビジュアル的には、こちらのほうが犯罪度は数倍上かもしれない。

「くそ……あいつらに、なんて言われるか」

思わず、忌々しさを含んだ声でぼやく。

どんなふうに言われても、眞澄には一切の反論ができないと思うので尚更《なおさら》気が重い。

「あいつら？」

「広重とケートだよ。おまえと……こうなったって、知られたら」

苦い口調でそう言う眞澄を目にして、不思議そうに数回瞬きをした侑里は、真顔で口を開いた。

「オメデトウ……だと思いますが」

「……冗談、じゃないよな」

一瞬冗談かと思ったが、そういうわけではなさそうだ。侑里は、どんな時でも大真面目なのだ。

「はは……は、まぁいいか。なんとでも言え」

こんなに可愛い存在を自分のものにしてしまったのだから、どう言われようが甘んじて受け止めるしかないだろう。

眞澄が笑っている意味がわからないのか、首を傾げていた侑里は微笑を唇に乗せて「そういえば」とつぶやいた。

「有明の月へのお願いが、叶いました」

「……ん？」

「七年前に眞澄が教えてくれた、おまじないです。早朝の、明るくなり始めた空に残っている有明の月にお願いをしたら……っていう」

嬉しそうに口にした侑里には悪いが、少女趣味な自分の創作が恥ずかしくて、眞澄は薄ら笑いを浮かべて目を逸らしてしまった。

侑里は信じていたようだが、目についた夜明けの月を見て思いついた、子供だましの作り話なのだ。

有明の月に、本当に願いを叶える力があるかどうかは……定かではない。

有明月を、まちたい。

淡いアイボリーと黒の鍵盤《けんばん》の上を、滑るように指が踊る。天井の高い部屋にピアノの音が響き、侑里《ゆうり》は軽やかに動く啓杜《けいと》の指に見惚《みと》れた。

綺麗な音楽、長くて綺麗な指、凜《りん》とした綺麗な横顔。

ピアノを弾いている時の啓杜は、普段の元気な啓杜とは違う人のようだ。

「……侑里。侑里っ！」

「あ……」

ぼんやりとピアノを見ていた侑里は、名前を呼びながら顔の前で手を振られていることに気づいて目をしばたたかせた。

四角いイスに腰かけた啓杜が、こちらに身体《からだ》を捻《ひね》って侑里を見上げていた。ピアノの音は、いつの間にか止《や》んでいる。

「ぼんやりとして、どうかした？　大人しいのはいつもだけど、なんか元気がないなぁ」

表情を曇らせた啓杜は、心配を滲《にじ》ませた声でそう尋ねてきた。

ぼーっとしていたせいで、無用の心配をかけてしまった。侑里は、頭を左右に振って答える。

「なんでもありません」

「本当に？　……その、友坂《ともさか》に変なコトされてるとかじゃないよな？」

珍しく言いよどんだ啓杜は、眞澄《ますみ》の名前を出して侑里の顔を窺《うかが》っている。質問の意味がハッキリと理解できず、侑里は首を傾げて聞き返した。

「変な……？」

啓杜はたまに、曖昧《あいまい》で遠回しな言い方をする。侑里が、日本語の独特な言い回しに慣れていないと知っているはずなのに……。

ジッと啓杜を見下ろしていると、右手で自分の髪を掻き乱して渋い表情で口を開いた。

「だから、ベッドで……」

「一緒に寝ています。眞澄は、僕に触ろうとしませんが。だから、変なコトもないです」

「あぁっ？」

侑里が答えた瞬間、啓杜はぽかんと目を見開いた。

侑里の肩の向こうに視線を泳がせて、なにやら考え込んでいる。

「……その、アレ……ヤッて……ない、のか？」

大きく息をつくと、再び侑里と目を合わせてさっきよりもずっと遠慮がちに尋ねてきた。

やる……？

「なにを？」

指示語は意味が広域すぎて、察することがヘタな侑里には難しい。一人で推測して間違った意味に受け取るよりも、発言者である啓杜に尋ねてしまったほうが早いし正確だ。

そう思って大真面目《おおまじめ》に聞き返した侑里を見上げて、啓杜はぶつぶつとつぶやいた。

「ああ、そっか。遠回しな言い方はダメだな。エッチ……って言えばわかるか？」

それなら、わかる。

侑里は十歳……小学校の途中まで日本にいたのだ。子供のあいだでも、その手の言葉は行き交っていた。

「キスはしました」

キスが、エッチの中に含まれるかどうかはわからない。

でも、眞澄とそういう意味での接触をしたというのなら……キスだ。

「それだけ……？」

「はい。その……舌を舐《な》められて、ビックリしました」

あの時の眞澄を思い出すと、落ち着かない気分になる。

強い力で抱き寄せて、戸惑う侑里に唇を寄せてきた。フレンチキスとはそういうふうにするもの、ということは知っていても、触れるだけのキスしか経験のなかった侑里は、口腔《こうこう》に潜《もぐ》り込んできた眞澄の舌の熱さにビックリした。

重大な告白のように口にする。こんなこと、啓杜にしか言えない。

それなのに、啓杜は拍子抜けしたような顔になった。

「はは……ははは、さすが常識人。でも、このカワイイ侑里と一緒に寝てて手ぇ出さないなんて、ただの意気地《いくじ》ナシって気もしてきた。だよね、広重《ひろしげ》さん」

少し声を大きくした啓杜は、腰かけているイスから身を乗り出して、ピアノ室の隅に置かれた大きなクッションに座っている相原に同意を求めた。

これまで口を挟んでくることはなかったけれど、内緒話の音量ではなかった侑里と啓杜の会話は聞こえていたはずだ。

侑里は、振り向いて相原の言葉を待つ。クッションに座っている相原は、いつもと同じ穏やかな笑みを浮かべて口を開いた。

「容赦《ようしゃ》ないね、啓杜くん。まぁ……眞澄らしいな、とは思うけど。侑里くん。手続きは、ほぼ終わったんだよね」

「はい。未成年後見人？　という制度で、眞澄が僕の保護責任者になることが法的に認められました。高校の編入試験も終わって、九月から光華《こうか》高校に通います」

絵の展覧会が終わり、ジャンがリヒテンシュタインへと戻る前日、眞澄に連れられてホテルを訪れた。弁護士だという男の人を同席させていたので、侑里はジャンが乱暴な行動に出ることはないだろうとホッとした。

侑里の通訳を介して、大人たちのあいだで長い話し合いが行われた。

結果的に、侑里が日本へ戻ってくること……眞澄が身元引受人となること、リヒテンシュタインに戻ったジャンが母親や侑里に関する書類等を送付すること等が決められて、想像よりずっと順調に話し合いは終わった。

侑里が一度もジャンと目を合わせなかったのは、眞澄の手に巻かれた白い包帯が原因だ。眞澄が一言も責めないので侑里が口にしようとすると、何故か眞澄自身に制止された。

背中を向けて部屋を出る直前、小さな声で名前を呼ばれたけれど……振り向かなかったことを後悔してはいない。

眞澄の左手に残る、まだ治りきっていない傷を思い出すと、ジャンに対する嫌な気分でいっぱいになる。

こんなふうに、激しい感情を誰かに抱く自分が少し怖い。

「そういえば、ケートくんの制服ピッタリでした」

あの日のことを自分の思考から追い出したくて、少し無理やりに話題を変えた。啓杜は変に思わなかったらしく、含むもののない笑顔を向けてくれる。

「あ、ホントに？　よかった。ちょうど捨てようと思ってたところなんだよなー」

九月から侑里が通う高校は、啓杜が卒業したところだ。ここから一番近くて、徒歩で通学できるから……という理由で選んだ。

それを話したら、啓杜は「制服あるよ」と申し出てくれた。眞澄は、「お下がりじゃなく、新品を買ってやる」と渋い顔をしていたけれど、侑里はありがたく貰い受けることにした。

啓杜の『お下がり』に抵抗はないし、眞澄に余計な出費をさせたくない。

「制服を着て高校に通う侑里を目《ま》の当たりにしたら、ますます手ぇ出すの躊躇《ためら》いそう……。よし、侑里。この一週間が勝負だ。逃げられない状況に追い込んじゃえ」

「……どうやってですか？」

「そうだな……ここ座って」

腕組みをしてなにか考え込んでいた啓杜は、侑里を手招きして自分が座っている四角いイスに腰かけるよう促す。

長方形のイスは、啓杜と侑里なら二人で座ることも可能なサイズだ。でも、どうしてわざわざ……？　と不思議に思いながら侑里がイスの端に座った直後、啓杜の両手に耳を覆われて内緒話の体勢になった。

コソコソ話そうとする啓杜と侑里を、相原は微苦笑を浮かべて見ていた。

□　□　□

明日は日曜で、行きたいところがあれば遠慮なく主張しろと言われているけれど、今のところどこにも出かける予定はない。

脱衣所に足を踏み入れた侑里は、着ていたTシャツとハーフパンツを手早く脱ぎ捨ててバスルームの扉に手をかけた。

スライドさせて開け放つと、白い湯気が噴き出してくる。

「な……侑里っっ!?」

「僕も一緒していいですか？　お邪魔します」

ダメだと言われる前に、バスルームに入り込んだ。シャワーの下に立っている眞澄は、言葉も出ないらしく硬直している。

目の前に立った侑里が顔を上げて視線を合わせると、突如我に返ったようだ。ギュッと眉《まゆ》を寄せて、クルリと背中を向けられてしまった。

「眞澄」

シャワーの水音に負けないよう、大きめな声で眞澄の名前を呼ぶ。眞澄は侑里に背中を向けたまま、怒っているような声でしゃべり始めた。

「なにやってんだ、おまえ。一人で風呂に入れない年でもないだろうに。だいたい、男が二人並んで立ってたら狭いだろ？　俺はすぐに出るから……」

「くっついていたら、狭くありません。眞澄……僕は、眞澄にとってなに？」

早口の眞澄の言葉を遮《さえぎ》った侑里は、広い背中の真ん中あたりに残っている泡をそっと指で拭《ぬぐ》い取る。

その途端、眞澄の背中がビクッと震えた。

「教えてください。僕は、眞澄のなに？　守らなければならない、子供か……やっぱり、ただの甥《おい》ですか？」

眞澄からの答えはない。シャワーの水音だけが響く。

侑里が不安を感じる頃になって、ようやく眞澄の声が聞こえた。

「……恋人、だよ。ただの甥っ子やガキだと思っていたら、風呂に踏み込まれたからって動揺するわけねーだろ」

「じゃあ、どうして……あれからキスもしないいんですか？　僕だけ、眞澄を意識してドキドキしてるみたいです」

あの日……止め方を忘れたように涙を零《こぼ》す侑里を抱き締めて、保護者としてではなくキスをしたいという意味で好きだと言ってくれた。

同じ想いなのだと感じて嬉しかったのに……あれから一ヶ月近く経った今、眞澄はキスもしてくれない。夜、ベッドに潜り込んだ侑里が背中に抱きつくと、身体を強張《こわば》らせて黙り込んでしまう。

好きだと言ってくれたことなど、忘れてしまったみたいだ。

「恋人だからって、必ずしもやらなきゃいけないってわけじゃない。おまえがそんなふうに思ってるなら、広重やケートの悪影響だ」

眞澄の言うことがよくわからない。でも、侑里の中にある欲求が『相原や啓杜の悪影響』とは違うということだけは確かだ。

もどかしさのあまり、背中を向けている眞澄からは見えないとわかっていながら首を左右に振った。

「広重さんやケートくんは関係ないです。眞澄は僕に触りたくない？　僕は……眞澄に触って欲しいし、眞澄に触りたい。もっとくっつきたい。その方法があるなら、あるのに……どうしてしないのかわからないです」

最後のほうは、途方に暮れた声になってしまった。

それでも、きちんと伝えなければわかってもらえないという焦燥《しょうそう》感に背中を押されて、これまで眞澄には隠していたことを途切れ途切れに口にする。

眞澄のぬくもりが、手を伸ばせば届く位置にあるはずなのに触れられなくて、苦しくてたまらなかった。

自室に逃げ帰り、眞澄のキスをトレースするように指をくわえて、ごめんなさいと泣きながらこっそり自分で慰《なぐさ》めるのは淋《さび》しかった。

それなのに、眞澄は平気な顔をしていて……やっぱり『好きの種類』が違うのではないかと、怖くてたまらなかった。

言葉を吐き出してうつむく侑里の顔に、頭上から降り注ぐシャワーの水滴が伝い落ちる。視界に映る眞澄の足が、こちらに向けられるのがわかった。けれど、眞澄がどんな顔をしているのか確かめるのが怖くて、顔を上げられない。

ギュッと両手を握り締めていると、引き攣《つ》れたような赤い傷の残る眞澄の左手が目に映る。それが侑里の右手に伸ばされて……もう少しで触れる、ギリギリのところで止まった。

「そんなことを言わせて、悪《わり》ぃ。自分が……どうなるかわからなくて、怖いんだ。誰を前にしても、こんな怖さを感じたことはないのにな。おまえが大事で……大事で、大切すぎて、触れることもできなかった。なのに……それが原因で泣かせるなんて、大バカだ」

「っ！」

左手で右手首を摑《つか》まれたかと思えば、強く抱きすくめられる。触れ合う素肌が熱くて、侑里は背中を抱き返すこともできなかった。

眞澄の言葉が、頭の中をぐるぐると駆け巡っている。

「どんな眞澄も……好き」

啓杜に『意気地ナシ』と言われていても、眞澄自身が『大バカだ』なんて言っても、侑里にとっては世界で一番格好いい。

うまく伝えられる自信はなかったけれど、精一杯『好き』という短い一言に想いを込める。

「くそ、おまえは可愛すぎるんだよ」

「ぁ……」

怒っているような声でそう言った眞澄の手が、侑里の頭を摑む。降り注ぐぬるいシャワーの下、仰向《あおむ》かされて唇が重ねられた。

溺《おぼ》れそうだ……と思いながら、侑里は眞澄の首に腕を回してしがみついた。


「あ、眞澄……ベッドが濡《ぬ》れる」

ろくに身体を拭《ふ》かずにバスルームを出たから、髪も身体もビショビショに濡れたままだ。すっぽり包《くる》まれていたバスタオルごと眞澄のベッドに下ろされた侑里は、焦って身体を起こそうとした。

「いい。どうせ、これからもっと……だし」

もっと濡れる……と。苦い顔をした眞澄の手に動きを止められ、肩をベッドに押しつけられる。

眞澄を見上げると、濡れて額に張りつく前髪を鬱陶《うっとう》しそうに片手でかき上げて、強い目で侑里と視線を絡ませてきた。

「本当にいいのか？　おまえ、なにされるか具体的にわかってないだろ」

眞澄の表情……纏《まと》っている空気も、いつもと違う。

キスより先の行為が、具体的にどんなものなのか。

相原はきちんと教えてくれようとしたけれど、何故か顔を真っ赤にした啓杜が「友坂に聞けー！」と割って入ってきたから、侑里はよくわからないままだ。

わからないという不安は少しあるけれど、眞澄だから怖くはない。

「なんでもいいです。僕がシテって迫るから、仕方なく触ってくれるのでも……嬉しい」

侑里が答えた途端、眞澄はギュッと眉を寄せて険しい表情になった。

頭の脇に肘《ひじ》をついて、至近距離で侑里の目を覗《のぞ》き込んでくる。

「おい、バカなこと言ってんなよ。自分で言うのもなんだが、俺は常識人なんだ。未成年で、血は繋《つな》がってないとはいえ甥っ子で、しかも男。そんな相手に、軽々しい気持ちで手ぇ出せるかよ」

怖い顔で怒っているのは、侑里が眞澄の本気を疑ったから。

それはわかる。だから、すぐ近くにある眞澄の唇に、「ごめんなさい」と触れるだけのキスをした。

「ン……、ん、ぅ……」

離れようとしたところで、眞澄の唇が強く押しつけられる。あたたかい舌が潜り込んできて、口腔の粘膜をくすぐっていった。

なんの前触れもなくそんなキスをして侑里を驚かせた眞澄は、口づけを解《ほど》くとぼんやりしている侑里の唇を親指で拭う。

「最初に言っておく。俺は独占欲が強い。その上、口うるさくて構《かま》いたがりだ。しかも、しつこいから一度自分のものにしたら簡単に手放さない。どうだ、がんじがらめにされる覚悟はあるか?」

「……ずっと僕だけ見ていてくれるのなら、喜んでがんじがらめにされます。……がんじがらめって、縛《しば》りますか?」

それでもいいと本気で思いながら、のろのろと両手を差し出す。

目を丸くして侑里を見下ろした眞澄は、「はー……」と大きく息をついて肩を落としてしまった。

「そうじゃない。まぁ……いい。ようは、おまえに後悔させなかったらいいんだ。うん。そうだよな。可愛がって、大事にして……俺から離れようなんて、考えられないように」

侑里から目を逸《そ》らした眞澄は、ぶつぶつと独り言をつぶやいて再び視線を合わせると……笑った。

普段、あまり見ることのない眞澄の優しい笑顔に、侑里は心臓が猛スピードで脈打つのを感じる。

どうしてだろう。なんだか……急に。

「侑里？　どうした？」

身体を横向きにして丸くなった侑里に、驚いたのだろう。眞澄は、気遣わしげに髪に触れてくる。

その指先が耳に当たり、侑里は丸めた身体をビクッと強張らせた。

「は、恥ずかしい。……見ないでください」

眞澄に見られていることが、急に恥ずかしくなった。眞澄の顔を見ることもできなくて、両手で自分の顔を覆う。

どうしたと聞かれても、侑里自身もわからない。

「なんだよ、いきなり。風呂に乱入してきたのは誰だ。全部、見せろ」

「あっ」

笑いながら両手を摑まれると、左右まとめて頭の上に押さえつけられた。これでは、顔を隠すことも身体を小さく丸めることもできなくなってしまう。

眞澄の視線を全身で感じて、身体中が熱くなる……。

「……眞澄。眞澄、なにか言ってください」

無言で凝視されて居たたまれなくなり、侑里は顔を背《そむ》けたまま懇願する。黙られてしまうと、眞澄がなにを思っているのかわからなくて怖い。

自分は、どこか変？　こうしてマジマジと見てしまったら、そんな気はなくなってしまったのだろうか。だって、眞澄は……。

「ご、ごめんなさい」

「あ？　……なにがごめんなさい？」

侑里が唐突に謝る意味がわからないらしく、眞澄は怪訝《けげん》そうな声でつぶやく。無言だった眞澄がようやく口を開いてくれたことに、少しだけホッとした。

「だ、って……眞澄、おっぱい魔人だって広重さんが言ってたの、思い出しました。僕、ぺったんこでごめんなさい。だから、見ないほうが」

あの、おっぱい魔人の眞澄がねぇ……と笑いながら、相原が教えてくれたのだ。

相原は、お互い様だからコレで嫌味を言われることもなくなると楽しそうだったけれど、侑里は『おっぱい魔人』の意味を真剣に考えていた。

啓杜に尋ねて、ようやくその意味を知ったのだ。

「……あいつ、絶対に絞《し》め上げてやる」

眞澄の顔は見られなかったけれど、苦いものをたっぷりと含んだ声でポツリとつぶやく声が降ってきた。

どういうことか聞き返そうとしたと同時に、眞澄の手のひらが胸の中心に押し当てられる。

「や、あ……触っちゃ、ぁ……ヤダ」

隠したいのに、もう片方の手で両手首を摑まれたままなので、身体を動かすことができない。

「うるせぇ。そんなもん、なくても関係ねぇんだよ。触らせろ」

「ッ、ん……ぃ、……っン」

皮膚の薄い胸の突起を指先で弄《いじ》られると、身体が勝手にビクビクと震えてしまう。

眞澄の指が動くたびにビリビリとしたかすかな痛みが走り、全身の産毛が逆立った。

「やだ、眞澄……、ムズムズする。ぃた……ッ」

「強いか？　じゃあ……」

「ぁ！」

髪が肌に触れ、くすぐったい……と思った直後、ついさっきまで指で弄られていた突起が濡れた感触に包まれる。

驚いて身体を跳ね上げると、右手だけが自由になった。その右手で眞澄の頭に触れたけれど、指に力が入らなくて引き離せない。

「ゃ……なん、か変。ぁ、あ……っん」

ゾクゾクと、背筋を這《は》い上がるものの正体がわからない。指で触れられるのとは全然違う感触に、戸惑うばかりだ。

眞澄の髪にゆるく指を絡ませた侑里は、天井を見上げて小刻みに身体を震わせるしかできなかった。

「変じゃなくて、いいって言えよ。言われなくても、わかるけど……な」

眞澄が顔を上げ、奇妙な感覚から解放されたことにホッとしたのは一瞬だった。脇腹を撫で下ろされたかと思えば、腿《もも》を摑んで割り開かれる。

そのまま内股を這い上がり……予告なく眞澄の手が脚のあいだに触れてきて、動揺を隠せない声を上げた。

「っっ！　眞澄っ、そんな……や、ぁ」

「なんだよ、触らずにやれるわけないだろ。……そんなこともわからずに煽《あお》った、おまえが悪い。あきらめて触らせろ」

眞澄の手の中に屹立《きつりつ》を包まれて、そっと指が絡みついてくる。言葉は侑里を押さえつけるものなのに、触れてくる手は優しかった。

反射的に膝《ひざ》を閉じようとしても、眞澄の脚を挟み込まされていてどうにもならない。

「ン……ぁ、あ！」

眞澄の手が動くたびに、ビクビクと身体が震える。過剰な反応だとわかっていても、制御できない。

これがもし、眞澄のものなら……と。後ろめたく思いつつ、頭の中で置き換えながら自分で触れたこともある。

でも、そんなものがいかに浅い想像だったのか思い知らされる。

本物の眞澄に触れられたら、そこだけでなく全身が甘く痺《しび》れるみたいになった。頭の中が真っ白になって、なにも考えられなくなる。

「も、出……る。眞澄、手……、ダメ」

ビクッと跳ね上がった脚が、ベッドの上を滑る。熱い吐息をつきながら、離してほしいと訴えたのに聞き入れてくれない。

侑里の左手首を摑んでいる手の力を強くして、屹立に触れているほうの指を複雑に絡みつかせてくる。

なにも言ってくれないから、こうして侑里に触れる眞澄がなにを思っているのかわからない。

「ぁ！　出ちゃぅ……っ、て。眞澄……眞澄っ、っっん！」

込み上げてくる熱から逃れられなくて、侑里は喉《のど》を反《そ》らすと奥歯を嚙み締めた。

呆気なく白濁を弾けさせた自分に呆然としていると、眞澄の手が両方とも離れていく。望んだ解放だったのに、侑里は身動《みじろ》ぎもできなかった。

ぼんやりと天井を見上げたまま、忙《せわ》しない息を繰り返す。

「……なーんか、あれだ。ちょっとだけ安心したかな。もっと幼いかと思ってたけど、おまえもきちんと男だよなぁ？」

ショックで放心状態だった侑里だが、眞澄のそんな言葉で我に返った。

全部見られながら、眞澄の手……汚してしまった。

「ご……めんなさい。手……」

「あぁ？　なにが？」

侑里の言葉に眉を寄せた眞澄は、不機嫌そうな声でそう言うと、侑里に見せつけるようにして指に付着した雫《しずく》を舐め取った。

驚いた侑里は、目を瞠《みは》って眞澄の手首を掴む。

「っっ、そんなの舐めたら、お腹《なか》壊します！」

「少しくらい大丈夫だろ。うっかり目に入ったら結膜炎になる危険はあるけど。これくらいで壊れるような、繊細な腹は持ち合わせてねぇよ」

侑里の必死の表情がおかしかったのか、唇を緩ませて侑里の指に軽くキスをする。その直後、これまで避けていたのに、まともに視線が絡んでしまった。

「このあたりでやめておくか？」

子供に言い聞かせるような口調で尋ねられて、勢いよく首を横に振る。

想像を遥かに超越した現実に、少しだけ怯《ひる》んだのは確かだ。でも、ここで手を引かれてしまうのは絶対に嫌だ。

「……眞澄が嫌になったんじゃないなら、やめない」

「じゃ、やめるか。……とは言えねぇなぁ」

侑里は一瞬、とてつもなく情けない顔をしたに違いない。侑里の頬《ほお》をつついた眞澄は、肩を震わせている。

からかうなんて、ひどい。やめるかと言われた瞬間、本気で悲しくなったのに……。

「初めて、眞澄のことを意地悪だっていうケートくんの気持ちがわかりました」

「悪かった。あんまり可愛いもんだから。……じゃあ、本気で俺のもんにしちまうか」

唇を親指の腹で辿《たど》りながら、真剣な目でそう言われて……どう返せばいいのかわからない侑里は、小さくうなずいた。

「んっ、ん……ぅ」

眞澄の首にしがみつく手へと、グッと力を込める。

向かい合う体勢で眞澄の膝に乗せられてから、どれくらいの時間が経ったのだろう。身体の内側にある眞澄の指の存在にも、すっかり慣らされてしまった。

最初は、どうしようもない異物感があって必死で耐えていたのに……今は、少し動かされるたびに身体の奥から湧き上がっている疼《うず》きに全身を強張らせている。

身体中が熱い。きっと、あちこち真っ赤になっている。

「侑里、きついか？」

「……平気、です。眞澄の指、気持ちい……い」

ゆっくり抜き差しされると、濡れた音が聞こえてきた。ぬるぬるしたものを使っているのはわかるけれど、それがなにかは知らない。

ただ、眞澄が侑里を少しも傷つけることがないように……と細心の注意を払ってくれていることだけは確かだ。

「ああ。ここ……こうしたら、締めつけてくる。いいだろ？」

ゆったりとした動きで、指先を擦《こす》りつけてくる。侑里がそうしようと意識したわけではないのに、勝手に粘膜が眞澄の指に絡みついた。

ゾクゾクと身体を震わせながら、厚みのある眞澄の肩にしがみつく。

「ん、ぁ……っふ、ぃ……いっ」

いいのも、痛いのも、怖いのも。

全部、隠さずに言うことを眞澄と約束した。だから、身体で感じていることをそのまま口に出す。

ピッタリと密着した眞澄の身体も熱くて、それだけで高揚感が増す。

「も、また……僕だ、け。ヤダ」

一人だけ追い上げられるのは嫌だと、そんな短い言葉なのにうまく舌が回らなくて、たどたどしい言い方になってしまった。

頭を眞澄の肩に預けたままにして、そろりと手を伸ばす。恐る恐る指先で触れた眞澄の屹立は、下腹に当たっていた感じよりもずっと熱くて硬い……。

どうしよう。こうして、触っていたらいいだろうか。きっと、ぎこちない侑里の触れ方では全然気持ちよくないと思うけど……。

「侑里。もういい」

指を絡ませてなんとか弄っていると、硬い声で言いながら手首を摑まれた。痛いほどの力で握られている。

やっぱり、ダメなのか。侑里の触り方が下手だから、声が怒っているみたいに低いに違いない。

引き離された手をどこに持っていけばいいのかわからなくなり、ギュッと拳《こぶし》を握る。顔を上げられなくて、眞澄の肩に向かってつぶやいた。

「ぁ……ごめんね。上手にできな……くて」

「違う。……悪い。俺の肩、嚙みついてもいいから」

ポン、と。軽く後頭部を叩《たた》かれる。

謝罪の理由を問いかけたところで、身体の奥に埋められていた長い指が引き抜かれた。

「なんで……、ぁ……あ、っっ！」

背中側から両脚のつけ根を摑むようにして、身体を持ち上げられる。そこに触れたのが、さっきまで入れられていた指ではないと感じた直後、震える手で眞澄の肩に縋《すが》りついた。

熱い……。苦しい。身体の内側に、熱の塊《かたまり》を埋められたみたいだ。

「ふ、ッぅ……っは……ん、んっ」

息の吐き方さえ忘れてしまったようになり、息苦しさで頭がガンガン痛くなってきた。

泣くつもりなどないのに、ぬるい涙がギュッと閉じた目の端から次々と零れ落ちる。

「侑里、ッ……やっぱり泣かせたか。ごめんな。……やめよう」

肩に零れ落ちる涙を感じるのか、侑里の背中をそっと撫でながら、苦しそうな声でそう言われる。

パニック状態だったのに、眞澄の声はハッキリと侑里の耳に飛び込んできた。

「や、だ。し、んじゃっても、い……から。眞澄……眞澄っ」

自分のせいで、きちんとできないのは嫌だ。

こうして眞澄がギュッと抱いていてくれるなら、どんなことでも平気だから……。

「……死なせるかよ。おまえ、泣いてるし。苦しいんだろ」

「ビックリ、した……だけ。大丈……夫、もぅ……ン、キスしてくれたら、涙……止まる」

声を出したことで余計な力が抜けたのか、圧迫感や異物感も少しずつ和《やわ》らいできた。

眞澄と隙間なくくっついているのだと自分に言い聞かせると、不思議なことにそれだけで苦しくなくなる。

眞澄の肩にしがみついていた上半身をのろのろと離して、眉を寄せている眞澄と目を合わせる。

「して……よ」

「バカ、侑里。俺を調子に乗らせんな」

眉間の皺《しわ》を解いた眞澄は、どこかが痛いような表情になる。バカという声も、なんとなく頼りないものだった。

大きな手が涙で濡れた頬を拭い、唇が重なってくる。絡みつく舌、口の中も……熱い。

「ん、んっ……ぁ、あ!」

舌に吸いつかれた直後、身体の奥でなにか変な感じがした。戸惑う侑里に気づかないのか、眞澄は舌先で口腔の粘膜をくすぐっている。

上顎《うわあご》をそっと撫でられると、ビクンと肩の筋肉が強張った。

「ぅ、ぁ……っ、ン……ン、ゃ、眞澄……っ」

「ん？　どうした？」

身体を震わせる侑里にようやく気づいたらしく、眞澄が唇を離して顔を覗き込んできた。

どこから熱が湧き起こっているのかわからなくて、侑里は下腹部に手を伸ばして指先であちこちに触れた。

「な、ん……か、ズキズキする。ぁ、……あっ」

「へぇ……いいことだな。揺らしても大丈夫そうか？」

「あ！　ぁ……ん、ど……して」

身体を揺すられると、また苦しくなると思っていた。なのに、身体の奥に灯《とも》った熱が広がるだけで苦痛はほとんどない。

眞澄の肩に置いた指先に力を込めて、戸惑いを伝える。

「ン……すげ、熱い……な」

「や、い……ぁ！　あっ、ぁ」

今度は、さっきより大きく身体を揺すり上げられる。今度はハッキリ快感だとわかる刺激で、背中を仰《の》け反《ぞ》らせた。

逃げたいわけではない。でも、苦しかった時よりも怖い。

「あっ、ぁ……ゃあ、ゃだ……なん、で。っ……ん、んっ、ぁ！」

耳の奥で響く心臓の鼓動が激しくなり、意味のある言葉が出てこなくなる。グッと押し上げられるようなこの感覚を、どう受け止めればいいのか困惑しながら熱っぽい息をついていると、眞澄の声が答えをくれた。

「ビクビク締めつけてくる。……いきそ？」

「んー……、ぃ、いっ。い……ぁ!」

浮かせ気味になる身体を、腰を摑んだ両手で押さえつけられた直後、ふっと頭の中が白く染まった。

どうにかなりそうな自分が怖くて、夢中で眞澄の肩にしがみつく。

「っ……ふ」

ぐっと背中を抱き締められると、眞澄の吐息が耳元をくすぐった。

合わせた胸元に、二人分の動悸を感じる。激しい鼓動がどちらのものか、わからなくなりそうだ。

息が落ち着く頃になって、眞澄がポツリと口を開いた。

「どこか、痛いか……?」

「わかんない。頭の中真っ白になって、ビックリした」

熱の余韻《よいん》で少しかすれた声が、なんだかいつもと違っていて……ドキドキする。

これまでよりずっと、眞澄を近くに感じた。

「……寝ちまっていいぞ」

身体を離して、ベッドに横たわった眞澄の腕に抱き直される。密着したままでいられることが嬉しかった。

「ん……でも寝られそうにないから、有明の月が見えるまで起きてます。で、お礼を言いたいです」

「お礼？」

「僕の、欲張りなお願い、全部叶えてくれてありがとうございます……って」

そう……思うのに、指先で髪を触られていると瞼《まぶた》が重くなってくる。きちんと言葉になっているか自信がなかった。

眠くないのに。眠いと感じないまま、頭がぼんやりしてきた。

「月は、明日も明後日も出るんだ。急がなくていい」

「う……ん」

どうしよう。目を開けていられない。眞澄の声も、遠くに聞こえる。

眞澄の腕に抱かれた侑里は、閉じた瞼の裏にミルキーブルーの空へ浮かぶ有明月を思い浮かべながら、極上の眠りに落ちた。

あとがき

こんにちは、初めまして。真崎ひかると申します。これから本文を読もうという方も、読了後という方も、お手に取ってくださりありがとうございます。

侑里は、『変な子』になるかな、という予想をしつつ書き上げたのですが、『変な子』というより『マイペースで少しズレている子』になったような気がします。

眞澄は……キャラ表に『車が一台も通っていなくても、赤信号が青になるのを待つタイプ』と書いてありました。いろいろと貧乏くじを引く人だと思われます。でも、本人としては手のかかる人間が好きそうなので、これはこれで幸せ……かもしれません。

前作の『朧月夜に、あいたい。』に続いて、とっても綺麗で可愛いイラストを描いてくださった宝井理人先生、ありがとうございます。いただいたラフの侑里を拝見して、「この子、こんなに美人さんだったんだ」とメロメロしてしまいました。眞澄も、内面は時々情けなかったりするのですが、ビジュアルは『隠れヘタレ』を微塵も感じさせない男前です！

『朧月夜』の啓杜と相原、今回の『有明月』の眞澄と侑里、二作に亘ってそれぞれ雰囲気ピッタリのキャラをくださり、本当に感謝感激です。

ここまでおつき合いくださり、ありがとうございました！　ＣＭをしてしまいますが、相原＆啓杜編の『朧月夜に、あいたい。』も、なにかのついでに読んでいただけますと嬉しいです。

シリーズと呼べるのか疑わしいほど完全に独立したものですし、時系列としては今回の『有明月〜』の少し前なので侑里は出ませんが、相原と啓杜を見守る（？）眞澄が……なんといいますか、苦労を背負っています（笑）。

末筆になりましたが、ご迷惑をかけっぱなしの担当Ｈさんにお礼を述べつつ、失礼します。今回もお世話になりました。ありがとうございます。……手のかかる人間で申し訳ございません。

読んでくださった方に、ほんの少しでも楽しい時間を過ごしていただけましたら幸いです。

二〇〇九年　今年も桜の季節がやってきました　真崎ひかる

✦初出　有明月に、おねがい。……………書き下ろし
有明月を、まちたい。……………書き下ろし

真崎ひかる先生、宝井理人先生へのお便り、本作品に関するご意見、ご感想などは
〒151-0051 東京都渋谷区千駄ヶ谷4-9-7
幻冬舎コミックス　ルチル文庫「有明月に、おねがい。」係まで。

幻冬舎ルチル文庫

有明月に、おねがい。

2009年4月20日　第1刷発行

✦著者	真崎ひかる　まさき ひかる
✦発行人	伊藤嘉彦
✦発行元	株式会社 幻冬舎コミックス 〒151-0051 東京都渋谷区千駄ヶ谷4-9-7 電話 03(5411)6432[編集]
✦発売元	株式会社 幻冬舎 〒151-0051 東京都渋谷区千駄ヶ谷4-9-7 電話 03(5411)6222[営業] 振替 00120-8-767643
✦印刷・製本所	中央精版印刷株式会社

✦検印廃止

ISBN978-4-344-81639-8　C0193　Printed in Japan